KB078517

마도신화전기

Myth of Magic power

동은 퓨전 판타지 소설

FUSION FANTASTIC STORY

마도신화전기 2

동은 퓨전 판타지 소설

초판 1쇄 찍은 날 § 2014년 12월 24일
초판 1쇄 펴낸 날 § 2014년 12월 31일

지은이 § 동은
펴낸이 § 서경석

편집부장 § 권태완
편집책임 § 이창진

펴낸곳 § 도서출판 청어람
등록번호 § 제387-1999-000006호
등록일자 § 1999. 5. 31
어람번호 § 제1-2013호

주소 § 경기도 부천시 원미구 부일로 483번길 40 서경B/D 3F (우) 420-822
전화 § 032-656-4452 팩스 § 032-656-4453
http://www.chungeoram.com
E-mail § chungeorambook@daum.net

ISBN 979-11-04-90041-9 04810
ISBN 979-11-04-90039-6 (세트)

마도신화전기

2

동은 퓨전 판타지 소설

FUSION FANTASTIC STORY]

도서출판 청어람

마도신화전기

Myth of Magic power

CONTENTS

Chapter 1. 전사의 함성

마을 광장에 많은 오크가 몰려와 있다.

샤먼과 족장, 용자들이 자리할 의자는 광장이 가장 잘 보이는 곳에 놓였다.

곧 마을에서 가장 높은 사람이라고 할 수 있는 존재들이 모습을 드러내고 그곳에 앉을 것이다.

여성 오크들도 친한 이들끼리 몰려와 이곳저곳에서 마을 광장을 지켜봤다.

아이들도 마찬가지였다.

그들은 흥미로운 표정으로 곳곳에 자리를 잡았다. 덩치가 큰 오크 전사들은 대련이 벌어질 마을 광장 주변에 엉덩이를 붙였다.

대부분의 오크가 모이자 샤먼 살롱쿠기와 족장 그루젤리, 용자들이 차례로 들어와 의자에 앉았다.

대련을 할 자들은 아직 나타나지 않았다.

살롱쿠기가 그루젤리에게 작은 음성으로 물었다.

"도대체 왜 코일코에게 대련을 시키는 것인가?"

약간은 노여움이 묻어 있는 말투이다.

비록 피는 섞이지 않았지만 손자처럼 귀여워하는 아이이다.

그런 아이가 덩치 큰 쿠기쿠기에게 맞아서 나가떨어지는 것은 보고 싶지 않았다.

"코일코도 사내입니다. 사내로 태어났다면 마땅히 오크 전사가 돼야 하지요. 특별한 능력을 지녀 샤먼이 되지 않는다면 무조건 오크 전사가 돼야지요. 그것이 당연한 것이고요."

그루젤리는 냉정하게 말했다.

"족장, 자네도 알 텐데. 코일코는 싸우는 것을 싫어하네."

"훗, 오크족이 싸우는 것을 싫어한다고요? 투쟁심을 잃은 오크는 더 이상 오크족이 아닙니다."

냉소가 피어나는 그루젤리의 말이다.

"부족에서 추방이라도 하겠다는 소린가?"

"그런 뜻이 아닙니다. 저도 코일코가 쿠기쿠기에게 이기는 것까지는 바라지 않습니다. 제가 보고 싶은 것은 쿠기쿠기 앞에서 도망치지 않고 당당히 맞서 싸우는 것입니다."

"그럼 오늘은 당당하게 맞서 싸우는 자네의 자식을 볼 수 있겠군."

"네?"

그루젤리는 의아한 얼굴로 살롱쿠기를 바라보았다.

"그런 것이 있네. 그리고 하나 더 묻지. 왜 묵인했나?"

"무엇을 말씀입니까?"

그루젤리가 물었다.

"정화자 얘기 말일세. 그런 헛소문을 왜 묵과하는 것인가? 우리 부족에 어떤 재앙이 닥칠 줄 알고."

"아무런 일도 일어나지 않았지 않습니까. 그리고 말이 나와서 그런데, 정화자가 인간인지 저희 오크족인지 확실한 것도 아니지 않습니까. 저는 부족장으로서 지켜보는 수밖에 없습니다."

"그 말은 신의 뜻을 거역한다는 것인가?"

"아닙니다. 확실히 하자는 것뿐입니다. 만약 오크 중에서 정화자가 나온다면 그것이야말로 큰 축복이지 않습니까."

"흉망성과 인간이 함께 나타나지 않았다면 나도 우리 오크 중에서 정화자가 나왔을 것이라 생각하네. 하지만 너무 절묘한 타이밍이지 않은가. 정화자는 분명 인간일세."

"제 생각은 다릅니다. 인간이 정화자였다면 분명 어떤 식으로든 계시가 있었을 겁니다. 단순히 그가 이 시기에 나타났다고 해서 정화자라고 생각하기는 어렵습니다. 저는 저희 오크 중에서 정화자가 나타날 것이라고 생각합니다."

"어리석구만."

살롱쿠기가 혀를 찼다.

"지켜보면 됩니다. 그러면 자연히 신의 뜻을 알게 될 것입니다. 그거야말로 샤먼께서 자주 하시는 말씀 아닙니까."

"……."

살롱쿠기는 아무런 말도 하지 않았다. 그루젤리는 이미 마음을 굳혔다. 더 이상 말을 해봤자 그의 귀에는 들리지 않을 것이다.

"왔다!"

누군가 마을 한편을 가리켰다.

그곳에 거대한 체구의 볼튼과 어린 오크 중에서 발군의 체구와 실력을 가진 쿠기쿠기가 걸어오고 있었다.

그동안 얼마나 많은 단련을 했는지 그렇지 않아도 단단한 근육이 배는 커져 있는 듯했다.

마치 바위를 보는 듯했다.

"와! 정말 대단하다. 당장에라도 용자가 될 수 있을 것 같군."

"정말이야. 저렇게 거대한 근육이라니. 오거와 붙는다고 하더라도 지지 않을 것 같네."

오크 전사들은 볼튼의 무지막지한 근육을 보며 연신 탄성을 내질렀다. 팔의 심줄이 당장에라도 튀어나올 것처럼 꿈틀거렸다.

마을 광장 앞까지 다가온 볼튼이 들고 있던 두 개의 롱 엑스를 바닥에 던졌다. 빙글빙글 날아간 도끼는 광장 중앙에 떨어졌다.

콰아아앙!

놀라운 일이었다.

마법이나 주술에 의해 폭발한 것처럼 흙먼지가 피어오르고 땅이 길게 울었다.

볼튼의 우악스러운 근육을 보며 시끄럽게 떠들어대던 오크들이 입을 다물었다.

잠시간 아무도 말을 하지 않았다.

여운이 무척이나 길었다.

"우와아아아아아!"

곧이어 한꺼번에 함성이 터졌다. 눈동자가 휘둥그레지는 게 무척이나 놀란 모양이다.

"대단하다. 도대체 저 도끼의 무게가 얼마나 돼?"

"몰랐어? 대장장이 키론이 말하길 한 개당 45㎏이나 한다더라고."

"뭐? 저게 가능해? 90㎏이 넘는 도끼를 휘두른다고? 세상에! 용자보다도 강한 것 아니야?"

"모르지. 하지만 지금의 볼튼은 과거의 볼튼과 비교도 할 수 없게 강하다는 거, 그것 하나는 확실해."

볼튼을 지켜보고 있던 대지의 용자 케르만은 흐뭇한 미소를 지었다.

자신의 대를 이어서 용자가 되는 것은 확실했다.

이미 그의 힘은 케르만을 넘어섰다고 해도 과언이 아니었다.

인간의 약한 육체가 볼튼에게 잡힌다면 너무도 쉽게 찢겨나 갈 것이다.

그가 바라는 것은 하나 더 있었다.

볼튼이 그루젤리를 이기고 황색 오크족의 부족장이 되는 것.

그것이 케르만의 작은 희망이었다.

또한 작은아들인 쿠기쿠기에게도 큰 기대를 걸었다. 쿠기쿠기는 다른 어린 오크들에 비해서 머리 하나가 더 크다.

그뿐만이 아니라 괴력이라고 할 수 있을 만큼 엄청난 힘을 자랑했다.

저렇게만 큰다면 큰아들과 작은아들 모두 용자의 칭호를 받을 수 있을 것이다.

볼튼이 마을 광장 중앙으로 다가와 내던진 도끼를 들고 소리쳤다.

"인간! 어디에 있느냐!"

그의 커다란 목소리가 마을 곳곳으로 울려 퍼졌다. 어찌나 목소리가 큰지 꾸벅꾸벅 졸던 새들이 깜짝 놀라 하늘로 날아올랐다.

곤과 코일코는 나타나지 않았다.

"인간, 도망쳤느냐? 내가 무서워서 도망을 쳤느냐!"

볼튼이 다시 외쳤다.

그의 말에 많은 오크가 배꼽을 잡고 웃었다. 특히 여성 오크들은 노골적으로 곤을 폄하했다.

여성 오크들이 가장 바라는 것은 강한 전사의 씨를 받아 더욱 강한 아들을 낳는 것이다.

당연히 볼튼을 바라보는 눈빛은 뜨거웠고 곤을 비웃을 수밖에 없었다.

"인간, 이곳은 그랑쥬리 밀림이다! 네가 이곳에서 나가면 얼마나 간다고 도망을 치느냐! 죽이지는 않겠다! 나와서 정정당당하게 나와 싸워라!"

당당한 볼튼의 모습에 케르만은 으쓱해하며 슬쩍 그루젤리는 바라봤다.

예전에는 그루젤리가 부러웠다.

정화의 용자 헝가스를 아들로 두고 있는 그가 부러웠다. 그러나 이제는 아니었다.

실전 경험만 조금 더 쌓으면 볼튼은 황색 오크족 최강의 전사가 될 것이다.

확신했다.

"시끄러워! 도망가긴 누가 도망간다고 그래?"

낭랑한 목소리가 퍼졌다.

볼튼이 있는 반대편 골목에서 곤과 코일코가 걸어오고 있었다.

그들은 먼지를 잔뜩 뒤집어쓰고 있었다.

얼굴도 꼬질꼬질하다. 하나 표정만은 밝았다. 그늘진 곳이 보이지 않았다.

이곳에 나온다고 하더라도 도살장에 끌려오는 돼지처럼 보일 것이라 생각하던 볼튼은 의아하다는 표정을 지었다.

마을 광장에 도착한 곤과 코일코는 살롱쿠기와 그루젤리를 향해서 살짝 고개를 까닥였다.

나름 인사인 셈이다.

“준비는 됐는가? 준비가 되지 않았다면 몸을 풀 시간을 주겠다.”

그루젤리가 물었다.

“충분히 풀고 왔습니다. 그럴 필요 없습니다.”

“좋아, 무기는?”

곤이 살롱쿠기를 바라보자 살롱쿠기는 마을의 유일한 대장장이인 키론을 보았다.

그러자 키론이 품에 안고 있던 헝겊에 싼 두 개의 물건을 가지고 와 곤과 살롱쿠기에게 건넸다.

물건을 받은 곤이 헝겊을 열었다.

헝겊 안에는 단단한 철로 되어 있는 건틀렛이 들어 있었다. 팔목까지 올라오는 건틀렛이다. 손가락은 밖으로 빠져나와 자유자재로 움직일 수 있게 되어 있다.

오크들은 처음 보는 무기였다. 도대체 저것으로 무엇을 할지 의아했다.

그것은 용자들도 마찬가지였다.

몇몇 용자는 책에서 보고 건틀렛이라는 무기를 알고 있었다.

주로 체술을 쓰는 무투가들이 사용하는 무기이다.

그러나 그것도 동등한 무력을 가진 자들이 붙었을 때나 사용이 가능했다.

무지막지한 힘으로 밀어붙이는 볼튼과 쿠기쿠기의 도끼를 저깟 철 쪼가리로 막아낸다는 것은 어불성설이었다. 그들은 피식 소리를 내며 코웃음 쳤다.

절대로 이기지 못한다.

"자, 껴봐."

곤은 코일코에게 맞춰 설계된 건틀렛을 내밀었다.

밖은 두툼한 철로 되어 있지만 안쪽에는 양의 가죽으로 덧대어 있어 껴도 아프거나 불편하지는 않았다. 손가락도 마음대로 움직일 수가 있어서 편했다.

"움직여 보겠니?"

"네, 사부님."

코일코는 가벼운 몸놀림으로 양팔을 휘둘렀다.

허리를 위아래로 움직이며 고개를 좌우로 흔들었다. 상체를 역방향으로 움직이는 것은 무척이나 힘들 일이다.

오랜 시간 반복해야만 가능했다.

허리를 크게 움직일수록 상대방은 움직임을 예측하기 힘들어진다.

도수도에 입문하게 되면 가장 먼저 배우는 방어 기술로 연초(煙超)라고 부른다.

"허참, 저게 뭐하는 짓인고?"

"정말 경박스럽구만."

오크들이 혀를 찼다.

강하고 일격에 상대를 끝장내는 기술을 선호하는 그들인 만큼 코일코가 보여주는 연초는 무척이나 난잡하고 호들갑스럽게 보였다.

"저들의 말에 신경 쓰지 마라."

코일코가 움츠러들자 곤은 귀를 닫도록 지시했다.

"하던 대로 하면 된다."

"알겠습니다, 사부님."

"심장은?"

"뜨겁게."

"물러나지 않는?"

"의지."

"좋다. 그 두 가지만 생각해라."

고개를 끄덕인 코일코가 마을 광장 중앙으로 나왔다.

쿠기쿠기도 꽤나 무거워 보이는 양날 도끼를 들고 중앙으로 나왔다.

보통 오크 전사들은 도끼나 검과 함께 작은 방패를 들었다. 하지만 볼튼이나 쿠기쿠기는 방패를 쓰지 않았다. 오로지 공격 일변도였다.

방어를 무시한 공격은 카운터 공격에 당하기 쉬웠다.

그러나 그들은 그것을 상쇄시킬 만큼 공격력에 자신이 있었다.

서로 간의 거리는 무척이나 가까웠다. 몇 발을 내디디면 서로의 무기가 닿을 거리이다.

근처에는 두 명의 오크 전사가 있었다. 만에 하나 상대방이 크게 다칠 위험에 처하면 그들이 끼어들어 대련을 멈추게 할 것이다.

"준비가 됐느냐?"

부족장인 그루젤리가 자리에 일어나서 근엄한 목소리를 물었다.

목소리는 낮았지만 듣지 못한 사람은 없었다.

"네."

"네."

코일코와 쿠기쿠기가 동시에 대답했다.

"좋아. 그럼 시작하여라."

대련의 시작을 알렸다.

"와아아아아아!"

"쿠기쿠기! 단숨에 끝장을 내버려!"

노소를 막론하고 모든 오크가 양손을 머리 위로 들어 올리며 크게 함성을 내질렀다.

코일코가 앞으로 튀어나갔다. 그의 상체가 큰 8자를 그렸다. 소년은 사부의 가르침을 하나도 빠짐없이 기억하고 있었다.

"모든 기술의 시작은 원이다. 발 기술과 손 기술, 관절 기술, 방어 기술도 모두 원에서 시작해야 한다. 공격은 끊이지 않아야 하며, 방어로의 전환도 쉬워야 한다. 그 근본은 원이다. 그것을 확대한 것이 연초의 8이다."

그리고 또 하나.

"시작과 동시에 쳐라."

코일코는 사부의 가르침을 충실히 이행했다.

소년은 쿠기쿠기를 향해 빠르게 나아갔다. 상체를 8자 형태로 뒤틀고 있음에도 느리지 않았다.

당황한 것은 쿠기쿠기였다.

설마 겁쟁이 코일코가 먼저 공격을 해오리라고는 생각하지 못했다. 더군다나 그가 택한 무기는 조잡하기 짝이 없다.

쿠기쿠기는 들고 있던 양날 도끼를 크게 휘둘렀다.

코일코를 맞추기보단 빠른 전진을 막으려는 생각이다. 그러나 그의 공격은 헛손질로 끝나고 말았다.

코일코가 상체를 쉴 새 없이 움직이며 허리를 숙이자 그의 머리 위로 양날 도끼가 스쳐 지나갔다.

다른 사람들이 보기에는 아슬아슬하게 피한 것으로 보일 테지만 실상 코일코는 보고 피한 것이다. 쉽게 피했다는 말이다. 코일코는 이제 목표도 정하지 않고 휘두른 도끼에는 맞지 않는다.

너무 급하게 휘둘렀기 때문일까.

쿠기쿠기의 옆구리가 훤히 드러났다.

몸은 강하게 단련시킨다고 하더라도 방어력이 약한 부위는 누구나 있게 마련이다.

그중에서 보통 근육과 복부는 단련하면 할수록 강해지게 마련이지만 옆구리는 그렇지가 않았다.

건틀렛을 껴서 몇 배나 파괴력을 높인 코일코의 주먹이 공간을 갈랐다.

빠각!

뭔가가 부러지는 소리다.

"크헉!"

쿠기쿠기는 헛바람을 일으키며 옆으로 물러나 옆구리를 잡고서 거친 숨을 내쉬었다.

"너 이 겁쟁이 새끼, 어디서 이런 요상한……."

그는 말을 끝마치지 못했다. 어느새 코일코가 코앞까지 따라붙고 있었다.

양날 도끼는 반대편 손에 들려 있고 옆구리는 그대로 비어 있다. 쿠기쿠기는 남은 손을 이용해서 코일코의 얼굴을 쳤다.

한쪽으로 힘이 쏠려 코일코에게 내지른 주먹에는 힘이 없었다.

그마저도 맞지 않았다.

코일코가 미꾸라지처럼 허리와 머리를 동시에 움직이자 주먹은 허공을 갈랐다.

다시 한 번 옆구리를 건틀렛을 낀 주먹에 맞으면 위험했다.

잘못하면 갈비뼈가 나갈지도 몰랐다.

완벽한 승리를 원한 쿠기쿠기는 자존심을 내던지기로 했다.

그는 뒤로 누워 버렸다. 동시에 쿠기쿠기 얼굴 위로 건틀렛이 빠르게 지나간다.

휭!

바람을 가르는 소리다. 어지간한 속도와 파괴력이 아니라면 나올 수 없는 소리.

저것에 맞았다면?

등줄기가 오싹했다.

쿠기쿠기는 재빨리 자리에서 일어났다.

그리고 양날 도끼를 양손으로 잡고 공격 태세를 갖췄다. 이번에는 뜻대로 되지 않을 거라는 표정이다.

윙, 윙, 윙!

양날 도끼를 양옆으로 회전시켰다.

속도가 점점 빨라졌다.

도끼날이 보이지 않았다. 날이 보이지는 않지만 사정거리에 들어서면 반으로 쪼개진다는 것쯤은 누구나 알 수 있다.

눈으로 양날 도끼의 날이 보이지 않으니 안쪽으로 파고들기가 무척이나 어려웠다.

"와봐! 이 겁쟁이 새끼야!"

쿠기쿠기가 도발했다.

그의 도발에 코일코는 넘어가지 않았다. 냉정하게 상황을 살피며 타개책을 떠올렸다.

"선수필승. 그다음은 검과 도끼를 무서워하지 않는 너의 용기이다."

검과 도끼를 무서워하지 않는 나의 용기.

이것이다.

코일코는 호흡을 가다듬었다.

이곳에 오기 전까지 쉴 새 없이 내기를 운용했다. 얼마 전까지는 움직이면서 내기를 운용하기가 쉽지 않았다. 하나 지금은 약간이지만 그것이 가능했다.

내기를 운영하면서 가장 좋아진 것은 시선의 포착이었다.

코일코의 시선이 쿠기쿠기가 휘두르는 양날 도끼에 닿았다. 양날 도끼의 움직임이 조금씩 보였다.

이 정도라면 빠져나갈 수 있을 듯했다.

위험하다 싶으면 건틀렛으로 막으면 되었다. 비록 부상을 당하겠지만 충분히 도전해 볼 가치는 있었다.

"장기전을 피해라. 쿠기쿠기가 당황하고 있을 때, 제대로 된 전력을 가다듬지 못했을 때 너에게 승산이 있다. 그것을 행하라."

코일코는 양날 도끼 사이로 몸을 날렸다.

지켜보던 오크들이 '어어어어, 위험해! 안 돼!' 라고 외쳤다. 그들의 경악스러운 외침은 코일코의 귀에 들어오지 않았다.

아버지인 그루젤리조차 벌떡 일어나 '안 돼!' 라고 외칠 정도였다.

회전하는 양날 도끼 안으로 뛰어들어 간 코일코는 신기한 경험을 했다.

마치 세상의 시간이 갑자기 느려진 느낌이다. 머리 위로 날아오는 양날 도끼를 고개만 살짝 숙여 흘려보냈다. 회전한 후 발목을 노리는 도끼의 날도 한쪽 발만을 들어서 피해냈다.

신이 났다.

지금이라면 어떤 공격도 모두 피해낼 수 있을 것 같았다. 저기서 우거지상을 하고 있는 쿠기쿠기의 얼굴이 무척이나 재미있었다.

오크들은 벌어진 입을 다물지 못했다.

풍차처럼 회전하고 있는 양날 도끼의 회오리 안을 몇 번의 몸놀림으로 빠져나간 것이다.

신기에 가까운 묘기였다.

양날 도끼의 회오리 안에서 빠져나온 코일코는 쿠기쿠기의 복부에 건틀렛을 먹였다.

퍼억!

묵직한 파공음이 퍼졌다.

쿠기쿠기의 움직임이 멈췄다. 동시에 괴력으로 회전시키던 양날 도끼도 멈췄다.

"공격은 짧고 빠르게."

코일코의 건틀렛이 무차별적으로 발사되었다.
그는 쿠기쿠기의 안면과 가슴, 배를 가리지 않고 가격했다.
눈 깜짝할 사이에 수십 번의 주먹이 오갔다.
충격을 이기지 못한 쿠기쿠기는 연신 뒤로 물러났다.

"승기를 잡았으면 가장 강하고 자신 있는 기술로 숨통을 끊는다."

코일코가 빠르게 쫓아갔다.
쿠기쿠기는 전의를 잃은 듯 조금은 두려운 눈빛으로 코일코를 바라보고 있었다.
지금까지 서로를 바라보던 시선이 완전히 뒤바뀌는 순간이다.
코일코는 주먹을 날렸다. 쿠기쿠기가 사력을 다해서 그의 주먹을 피했다.
하지만 그것은 허초였다.
쿠기쿠기가 주먹에 시선을 빼앗긴 사이 코일코의 오른쪽 다리가 허공을 갈랐다. 그의 상단차기는 정확히 쿠기쿠기의 후두부를 강타했다.
빠각!
"커억!"
쿠기쿠기의 눈동자가 뒤집혔다. 그는 그대로 엎어져서 일어나지 못했다.

마을 광장이 조용해졌다.

방금 전까지 시끄럽게 떠들던 모습은 온데간데없었다. 마치 못 볼 것을 봤다는 표정들이다.

단 한 명도 이런 결과를 예측하지 못했다.

만약 코일코가 힘겹게 대련에서 승리했다면 박수라도 쳐줬을 것이다.

그것은 노력의 결과니까.

하지만 이 말도 안 되는 결과는 뭐란 말인가.

압도적인 승리.

그 이하도 이상도 아니었다.

"아니!"

케르만이 벌떡 일어났다. 그는 보고도 믿지 못할 광경에 온몸을 부들부들 떨었다.

그만 일어선 것이 아니었다.

다른 용자들도 모두 다 같이 일어났다. 그들이 놀란 것은 케르만과 다른 이유였다.

한 번도 본 적이 없는 기술로 월등한 체격과 완력을 가진 쿠기쿠기를 너무도 쉽게 무너뜨렸기 때문이다.

오크는 다리 기술을 쓰지 않는다.

쓰기는 하지만 다가오는 상대를 밀거나 버티는 데 주로 사용했다.

저렇게 높게 차올려 상대의 머리를 가격하는 것은 한 번도 보지 못했다.

그것뿐만이 아니었다.

맹렬하게 회전하는 양날 도끼 안으로 뛰어드는 짓은 누구도 하지 못할 것이다.

"하하하하, 이럴 수가! 내 아들이 이겼어! 내 아들이 이겼다고!"

누구보다 기쁜 사람은 그루젤리였다. 그는 손뼉을 치며 기쁨의 환호성을 내질렀다. 옆에 케르만이 똥 씹은 표정을 짓고 있지만 개의치 않았다.

코일코는 실감이 나지 않았다. 쓰러진 쿠기쿠기를 보며 어리벙벙한 표정을 지었다. 그는 고개를 돌려 사부 곤을 바라봤다.

"네가 이겼다."

곤이 주먹을 쥐며 말했다.

그제야 조금 실감이 났다.

그동안 받은 설움이 한꺼번에 분출되었다. 그는 양팔을 위로 번쩍 치켜 올렸다.

"우와아아아아악!"

코일코가 지른 고함이라고는 믿기지 않을 만큼 우렁찼다.

"우와아아아아아! 대단해! 대단하다, 코일코!"

"멋지다, 코일코!"

정적에 싸여 있던 마을 광장의 오크들에게서도 함성이 터져 나왔다.

그들은 엄청나게 변모한 코일코에게 아낌없이 환호성을 질러주었다.

"제가, 제가 이겼어요, 사부님."

코일코는 곤에게 날 듯이 뛰어갔다. 곤은 그런 코일코를 부드럽게 안아주었다.

"그래, 네가 이겼다. 코일코, 정말 장하다."

진심이다.

힘든 훈련을 불평 한마디 없이 따라준 코일코가 너무도 대견했다.

그리고 이제는 그의 차례였다.

"저는 약속대로 이겼어요. 이제 사부님 순서예요."

승리의 여운이 가시지 않는 듯 조금은 상기된 표정으로 코일코가 말했다.

"알았다. 나도 약속을 지키마."

곤은 건틀렛을 꼈다.

손등에서 묵직함이 느껴진다. 손가락을 폈다 오므렸다를 반복했다.

나름 괜찮았다. 이 정도면 충분히 볼튼을 상대할 수 있을 듯했다.

그는 담담한 표정이다. 어떤 생각을 하는지 알 수가 없었다.

희로애락에 대한 표현이 확실한 오크들로서는 좀처럼 이해할 수 없는 표정이기도 했다.

마을 중앙 광장으로 걸어가는 곤에게 모든 이의 시선이 향했다.

"우우우우우!"

"인간, 너 같은 놈이 볼튼을 이길 수 있을 줄 아느냐! 꺼져라!"

오크들이 곤을 향해서 손가락을 밑으로 내렸다. 엄청난 야유가 곤에게 쏟아졌다.

곤은 담담하게 받아들였다.

그는 마을 광장 중앙에 홀로 섰다.

터질 것 같은 근육을 가진 볼튼이 성큼성큼 걸어왔다.

그는 두 개의 롱 액스 중 하나를 버렸다.

그리고 대신 방패를 한 손에 들었다. 코일코와 쿠기쿠기의 대련에서 어떤 위화감을 느낀 모양이었다.

그는 마을 광장 한쪽에 쓰러져 있는 쿠기쿠기에게 다가갔다.

정신을 차린 쿠기쿠기가 의기소침한 얼굴로 몸을 일으키고 있다. 쿠기쿠기는 형을 보며 흠칫 놀란 표정을 지었다.

"혀, 형님."

"패배자는 썩 꺼져라."

쿠기쿠기는 고개를 푹 숙였다.

그러고는 자신의 양날 도끼를 들고 터덜터덜 걸어갔다. 무척이나 안쓰러운 장면이었지만 아무도 그에게 위로의 말 한마디 건네지 않았다.

이것이 오크가 사는 방식이다.

투쟁의 종족인 오크들만의 습성인 것이다.

이제 광장 안에 남은 건 곤과 볼튼뿐이었다. 서로가 마주 보았다.

흥분이 가라앉은 그루젤리가 자리에서 일어나 말했다.

"준비는 되었는가?"

곤과 볼튼은 희미하게 고개를 끄덕였다.

서로가 상대에게서 눈을 떼지 않았다.

볼튼은 당장에라도 거대한 도끼를 휘두르며 달려들 것처럼 강렬한 살기를 내뿜었다.

곤은 그런 볼튼을 물끄러미 바라보았다.

본래 크던 덩치가 훨씬 더 거대해졌다.

팔뚝 두께가 보통 성인의 허리 정도는 되는 것 같다. 온갖 나라를 다 돌아본 곤도 이렇게 근육으로 만들어진 사내는 본 적이 없었다.

동양인보다 훨씬 큰 아라사의 사내들도 볼튼에 비해서는 어른과 아이 정도로 큰 차이를 보였다.

그가 지금까지 얼마나 노력했는지 알 수가 있었다.

그리고 눈빛.

볼튼의 눈빛은 사나운 사자와 같은 맹렬한 살기를 내뿜고 있었다.

그뿐이라면 곤은 조금은 승산이 있을 것이라 여겼을지 모른다.

하여 코일코처럼 선수필승의 자세로 나갔을 것이다.

그러나 살기 속에 감춰진 차가운 감정이 거슬렸다. 가면 속에 비수를 숨기고 있었다.

그렇기에….

놈은 강하다.

"내 팔을 부러뜨린 대가를 치러야 할 것이다."

볼튼이 이빨을 드러내 으르렁거리며 양팔을 번쩍 들었다.

"우와아아아아!"

"용자의 후예! 아니, 칸의 후예다!"

"볼튼! 볼튼! 볼튼!"

오크들이 환호했다.

방금 전까지 곤을 향해 야유를 퍼붓던 것과는 상반된 모습이다.

그들은 오직 볼튼이 무참하게 인간을 짓밟아주기를 바랄 뿐이었다.

볼튼은 도끼를 머리 위로 들고 방패로 앞을 가린 후 곤의 주변을 천천히 돌았다. 그도 곤의 불가사의한 기술을 경계하고 있음이 분명했다.

곤도 양 주먹을 가슴으로 들어 올리고 볼튼과 마주 보며 광장을 돌았다.

오크들의 함성이 순식간에 잦아들고 정적이 찾아왔다. 마을에서 들리는 소리는 곤과 볼튼이 움직이는 발소리뿐이었다.

둘은 쉽사리 움직이지 못했다.

"꿀꺽."

누군가 마른침을 삼켰다.

그 소리가 모두의 귀에 똑똑하게 들렸다.

아무것도 하지 않는 곤과 볼튼이지만 모두의 손에 땀을 쥐게 했다.

얼마의 시간이 지났을까.

볼튼이 먼저 움직였다.

오크의 특성상 수세적인 입장은 좀처럼 취하지 않는다. 만약 상대의 틈이 보이지 않는다면 억지로라도 그것을 만들어내는 것이 오크 전사들의 특징이었다.

과격하고 무모하지만 누구도 무시할 못할 돌격력을 가지고 있었다.

볼튼의 몸이 빠르게 돌진했다.

엄청난 도약력이다.

막강한 하체의 근력을 바탕으로 곤과의 거리를 순식간에 좁혔다.

거리가 상당했음에도 삽시간에 곤의 코앞에 도달했다.

더군다나 볼튼은 긴 리치와 그보다 긴 롱 엑스를 가지고 있었다.

그가 한 팔로 롱 엑스를 들어 곤의 머리 위로 내리찍었다.

마치 단두대가 떨어져 내리는 느낌이다. 위압감이 상상을 초월했다.

곤은 연초의 움직임으로 롱 엑스의 날을 피했다. 롱 엑스가 바닥에 반쯤 틀어박혔다.

발끝에서 진동이 일어날 정도로 엄청난 위력이었다. 이것은 비껴 맞아도 최소한 중상이었다.

몸을 한 바퀴 회전한 곤이 최단 거리로 달려갔다.

쾅!

순간 곤의 몸이 크게 떠올랐다가 바닥에 떨어지더니 몇 바퀴나 굴렀다.

롱 엑스의 손잡이를 놓은 볼튼이 곧바로 달려들어 방패로 곤의 몸을 가격한 것이다.

전차에 부딪치면 이런 느낌일까.

단순한 충격일 뿐인데 어깨뼈가 골절이 된 것처럼 욱신거렸다.

"나는 방심 따위 하지 않아!"

롱 엑스의 손잡이를 잡은 볼튼이 사납게 외쳤다.

'그래, 방심하지 않는 너는 정말로 강하다. 하지만 나도 지지 않는다.'

마음을 다잡은 곤은 볼튼의 품 안으로 파고들었다.

사정거리가 짧은 곤으로서는 볼튼을 근접전으로 유도해야 했다.

하지만 방패로 인해서 볼튼과 가까이 붙기가 무척이나 어려웠다.

곤이 움직이는 방향으로 방패도 따라 돌았다.

단순히 앞을 가린 것뿐인데 볼튼과의 거리가 1리는 되는 느낌이다.

승기를 잡았다고 생각한 볼튼이 방패를 앞세운 채 코뿔소처럼 밀고 들어왔다.

곤은 연신 뒤로 물러났다. 어떡하든 놈의 안쪽으로 파고들어야 했다.

곤은 건틀렛을 바라봤다.

건틀렛이 볼튼의 괴력을 막아주기만을 바랄 뿐이다. 롱 엑스가 다시 내리찍혔다.

곤은 피하지 않고 안쪽으로 더욱 들어갔다. 롱 엑스가 머리 위로 떨어졌다.

순간!

쾅!

곤의 주먹이 롱 엑스를 맞받아쳤다. 귀청을 찢는 폭음이 터졌다.

롱 엑스의 이빨이 나갔다.

하지만 손실은 곤이 훨씬 컸다. 건틀렛이 반으로 쪼개진 것이다.

그것뿐만이 아니었다.

내려치는 힘에 의해 곤의 어깨가 탈골되고 말았다. 빠졌는지 부러졌는지는 모르지만 엄청난 고통이 뒤따랐다. 그래도 여기서 멈출 수는 없었다.

최초로 잡은 기회였다.

볼튼은 방패로 앞을 가렸다. 옆구리가 드러나지 않았다.

하지만 곤이 쓰려는 것은 손기술이 아니었다. 다리가 크게 회전하며 볼튼의 머리를 노렸다.

"흥, 코일코의 기술을 봤다. 한 번 본 기술이 나한테 통할 듯 싶으냐!"

볼튼의 상체가 아래로 숙여졌다. 코일코가 쓴 상단차기라면 그의 머리 위로 스쳐 지나갔을 것이다. 하나 놀라운 일이 벌어졌다.

최고점에 오른 곤의 무릎이 갑자기 꺾이며 발이 밑으로 하강했다.

빡!

그의 발이 볼튼의 옆머리를 강타했다.

볼튼의 머리가 옆으로 돌아갔다.

얼마나 강하게 맞았는지 볼튼의 코가 부러지고 이빨이 사방으로 튀었다.

지켜보던 오크들의 입에서 '우와아아!' 하는 탄성이 터져 나왔다.

볼튼의 무릎이 꺾였다.

도수도의 변형 상단차기인 변축(變蹴)이라는 기술이다. 골반과 무릎에 상당한 무리가 오는 기술로서 어지간한 숙련자가 아니면 사용할 수 없는 기술이기도 했다.

사실 곤도 성공할 것이라고는 생각하지 못했다. 그저 볼튼이 상단차기를 피하자 급한 마음에 쓴 기술이 멋지게 적중한 것이다.

그리고 변축은 보이지 않는 곳에서 날아오는 발기술이기에 제대로 맞게 되면 맞은 자는 어떻게 맞았는지도 모르고 의식을 잃게 된다.

하지만 볼튼은 평범한 자가 아니었다. 쓰러지는 무릎을 한 쪽 손으로 잡고 억지로 버텼다. 단 일격에 얼굴이 빠르게 부어올랐다.

"아직이다! 아직이야!"

볼튼은 쓰러지려는 다리를 축으로 몸을 밀었다. 그의 어깨가 곤의 가슴팍에 부딪쳤다.

와지직!

둔탁한 타격 음이 들렸다.

갈비뼈에서 심상치 않은 소리가 들렸다. 곤의 입에서 한 사발의 피가 솟구쳤다.

그의 몸은 끈 떨어진 연처럼 휘청휘청 날려가 바닥에 거꾸로 처박히고 말았다.

역시 오크의 힘은 상상을 초월했다.

곤은 날아가려는 의식을 억지로 붙잡았다. 하지만 다리의 힘이 풀려 곧바로 일어날 수가 없었다. 어지러워 정신도 제대로 차리지 못할 지경이다.

"빌어먹을."

욕설이 튀어나왔다. 빨리 자세를 취해야 했지만 충격 때문에 그러지를 못했다.

[내 힘을 이용해.]

그때였다.
곤의 머릿속에 낯선 음성이 들렸다.
한 번도 들어보지 못한 음성이다.
"크흑! 뭐야, 이건?"

[나는 너의 욕망, 너의 본능. 나를 인정하면 너는 강해진다. 내 힘을 이용해.]

낯선 음성은 계속해서 곤을 유혹했다. 그는 낯선 목소리가 말하는 힘이 무엇인지 깨달았다.
바로 독의 힘.
웃기는 소리.
이런 힘 따위, 이용하지 않고 저 자식을 이겨 보이겠어!
곤은 낯선 목소리를 향해 외쳤다.

[너는 늦든 빠르든 나를 받아들일 수밖에 없어. 그것이 너의 운명이니까.]

낯선 목소리가 점점 사라져 갔다.
"제기랄."
그 짧은 시간 곤은 위기에 처하고 말았다.
어느새 다가온 볼튼이 곤의 배 위에 걸터앉은 것이다.

근육만큼이나 엄청난 몸무게였다. 그가 배 위에 앉는 순간 숨이 턱턱 막혔다. 더군다나 갈비뼈에 큰 상처를 입고 있지 않는가.

위기였다.

"인간! 여기서 끝이다!"

볼튼은 안면에서 피를 뚝뚝 흘리며 이빨을 보였다. 그의 주먹이 어깨 위로 올라가는가 싶더니 이내 폭격기의 폭탄처럼 곤의 안면으로 쏟아졌다.

빠각! 빠각! 빠각!

정신을 차릴 수가 없었다.

곤은 양손으로 얼굴을 방어했지만 전혀 소용이 없었다.

해머로 얼굴을 짓이기는 고통이 엄습했다.

의식이 날아간다.

이대로 있다가는 코일코가 보는 앞에서 허무하게 패하고 말 것이다.

설사 패한다고 하더라도 독의 힘은 절대로 사용하지 않을 생각이다.

곤도 주먹을 내질렀다.

상체를 꼼짝도 할 수가 없어 팔에 힘이 들어가지 않았다. 아래에서 위로 치는 주먹이기에 상대방에게 맞는다고 하더라도 큰 충격은 줄 수 없었다.

그래도 친다.

기묘한 자세로 곤과 볼튼은 서로의 안면을 향해서 엄청난 주먹세례를 퍼부었다.

피가 튀고 얼굴뼈가 골절됐지만 누구 하나 물러서지 않았다.

볼튼은 기가 막혔다.

이 상황에서 포기하지 않는 인간의 집요함에 치가 떨렸다. 인간의 얼굴은 알아보지 못할 정도로 엄청나게 부어올랐다.

"죽어!"

볼튼은 손가락 두 개를 폈다.

인간의 눈알을 후벼 팔 생각이다.

죽이지만 않으면 되는 대련이다. 눈알이 없어진다고 하더라도 살아만 있으면 되었다.

볼튼의 두 손가락이 곤의 눈알을 노렸다.

곤도 볼튼이 손가락을 펴는 것을 봤다.

그가 무슨 짓을 하려는지 대번에 눈치챘다. 곧바로 고개를 밑으로 숙였다.

빠각!

그러자 볼튼의 손가락이 곤의 이마를 맞히며 크게 휘었다. 골절된 것이다.

이런 식으로 나온다면 똑같이 갚아주면 된다.

곤은 볼튼의 손가락을 물었다.

손가락 마디를 물린 볼튼이 미친 듯이 손을 흔들어댔다. 그래도 놔주지 않았다.

우드득.

볼튼의 손가락 한 마디가 잘린 채 곤의 입에 물려 있다. 볼튼의 손가락에서 피가 흘러 곤의 얼굴을 뒤덮었다.

곤과 볼튼, 광기에 뒤덮인 몬스터를 보는 것 같았다.

"인간 새끼!"

손가락이 잘렸는데도 볼튼은 주먹을 내리찍었다. 곤은 악착같이 맞받아쳤다.

그것을 지켜보는 오크들은 주먹을 불끈 쥐었다.

"저 인간, 곤이라고 했나?"

"아마 그럴 거야."

"그래, 곤. 정말 대단하다. 볼튼 밑에 우리가 저렇게 깔렸으면 우리는 죽고 말았을 거야."

"그렇긴 하네. 별로 호감은 가지 않지만 대단한 인간이다."

용자들도 마찬가지였다. 평범한 대련이라고 볼 수 없는 사투를 보며 용자들도 놀라움을 금치 못했다.

"저 인간, 놀랍구려. 저 꺾이지 않는 투지, 마치 투신을 보는 것 같소."

벼락의 용자 퉁고가 감탄하며 말했다.

"그렇군. 인간도 그렇고 볼튼도 그렇고, 정말 대단하오. 저것이야말로 투지라는 것이오. 오크 전사들이 보고 배웠으면 좋겠군."

그루젤리도 인정했다.

설마 이렇게까지 멋지면서도 살벌한 대련이 될 줄은 상상도 하지 못했다.

특히 인간의 저력은 놀라웠다.

인간의 몸으로 전사 중에 최강을 자랑하는 볼튼과 한 치도 물러서지 않고 싸우는 모습은 자신도 모르게 가슴을 뛰게 만들었다.

물러서지 않는 자에게 경의를!

분위기가 묘하게 바뀌고 있었다.

숨을 참고 내지르는 쉴 새 없는 주먹질에 곤의 의식이 혼미해져 갔다.

더 이상 이대로 누워 있을 수는 없었다. 다행히도 하체는 움직였다.

"으아아앗!"

젖 먹던 힘을 다해 곤은 허리를 튕겼다.

볼튼이 허벅지로 곤의 허리를 꽉 잡고 있어 쉽사리 움직이지 않았다.

힘을 세게 줘서 허리가 끊어질 것 같았다. 그래도 멈출 수는 없었다.

다시 한 번 튕겼다.

이제야 조금 볼튼이 떠올랐다.

그 약간의 틈을 이용해 곤은 양발로 볼튼의 목을 휘감았다.

그러고는 있는 힘껏 밑으로 당겼다. 갑작스러운 상황에 볼튼의 허리가 뒤로 당겨지고 말았다.

어쩌면 마지막 기회일지도 몰랐다.

곤은 뒤로 빠지며 몸을 일으켰다.

볼튼도 몸을 일으켰다.

둘 다 심하게 거친 숨을 몰아쉬고 있다. 코와 입에서 피가 뚝뚝 흘러 바닥에 떨어졌다.

눈두덩이도 부어올라 과연 앞이 보일까 싶을 정도이다.

그래도 눈빛은 살아 있었다.

"인간! 끝장을 내주겠다!"

볼튼은 거친 사자의 포효를 내질렀다.

"나는 지지 않아!"

처음이다.

곤이 자신의 감정을 드러낸 것은.

절대로 꺾이지 않겠다는 투쟁심이 빛을 발하고 있었다.

그의 강렬한 투쟁심에 볼튼의 눈빛이 흔들렸다.

"우와아아아아아! 이런 것, 처음 본다! 정말 대단하다, 볼튼, 인간!"

동시에 오크들의 함성이 터졌다.

일방적으로 곤을 야유하던 오크들이 사라졌다.

Chapter 2. 전사의 아침

"사부님, 사부님."

낯익은 목소리가 들렸다. 이 시간이면 항상 들리는 코일코의 목소리다.

"사부님, 어서 일어나세요. 모두 기다리고 있어요."

코일코가 재촉했다.

기분 좋은 목소리를 들으며 곤은 잠에서 깨어났다.

곤은 자리에서 일어나 기지개를 켰다.

맨발을 흙바닥에 댔다.

이제는 맨발로 다니는 것이 익숙했다. 어느새 발바닥은 거북이 등껍질처럼 두툼해져 있었다.

예전에는 일어나면 세수부터 했지만 이곳에서 꽤 오랜 시간

지내다 보니 오크들처럼 눈곱만 떼고 말았다.

"그래, 가자, 가."

곤과 코일코가 천막 밖으로 나왔다.

따가운 햇살이 그들 머리 위를 비췄다. 향기로운 꽃향기가 두 사람의 폐부를 가득 채웠다.

습한 정글에도 계절은 있었다.

시기적으로 지금은 봄이었다.

한 해 중 가장 습하지 않은 때로, 생명이 태동하는 시기다.

구름 한 점 없는 맑은 날씨가 계속되었고 공기는 신선했다.

봄은 두 달 정도이다.

봄이 지나면 우기가 찾아온다. 만주의 혹한만큼이나 생명에게는 괴로운 계절이었다.

많은 생명이 물속에 빠져 죽고 굶어 죽는다.

가까스로 우기를 견디면 가장 습하다고 할 수 있는 여름이 찾아온다.

오크들도 축 늘어질 정도로 덥다고 하니 곤의 예상으로는 40도는 웃돌지 않을까 여겨진다.

더운 것도 더운 것이지만 미칠 듯한 습기가 문제였다.

과연 자신이 이곳의 여름을 잘 견딜 수 있을까 지레 겁이 나는 곤이다.

곤은 천막 밖에 있는 어린 오크들을 바라봤다. 쿠기쿠기만 빼고 마을의 모든 어린 오크가 천막 앞에 서 있었다. 대략 서른 명쯤 되었다.

그들은 초롱초롱하게 눈을 빛내며 곤을 바라봤다.
볼튼과의 처절했던 사투가 끝난 지 보름이 지났다.

보름 전.
둘의 대련은 이미 죽음이라는 최악의 사태를 향해서 맹렬하게 달려가고 있던 중이었다.
누구도 물러서지 않았다. 오히려 투지를 드러내며 더욱 서로가 서로에게 맞섰다.
곤의 얼굴은 알아볼 수 없을 정도로 망가졌고 어깨도 탈골됐다.
볼튼도 마찬가지였다.
곤에게 물린 손가락이 잘려서 피가 계속해서 떨어졌고 갈비뼈가 부러졌다.
그 둘은 아픈 것도 몰랐다.
더 이상 내버려 뒀다가는 둘 중 하나가 죽거나 둘 다 죽을 가능성이 높았다.
보다 못한 오크들이 그들을 뜯어말렸다.
승부는 나지 않았다.
하지만 곤과 볼튼은 만족했다. 더 이상 싸움은 일어나지 않았다.
가슴을 서늘하게 할 정도의 투지와 기술을 가진 곤에 대해서 볼튼은 경의를 표했고, 곤 역시 무소와 같은 돌격력을 가진 볼튼에게 존경을 표했다.

비록 친해지지는 않았지만 사건은 일단락되었다. 살롱쿠기와 그루젤리로서는 한시름 놓을 수가 있었다.

대련이 끝나고 삼 일 뒤.

그루젤리와 오크 용자들이 곤의 천막을 찾아왔다.

살롱쿠기의 약초 덕분에 곤의 붓기는 많이 가라앉아 있었다.

그들의 말로는 볼튼도 잘린 손가락을 빼고는 많이 나았다고 하였다.

"다행이네요. 그런데 무슨 일이신지……."

곤이 물었다. 이들이 왜 그를 찾아왔는지 이유를 떠올리지 못했다.

"단도직입적으로 말하겠네."

그루젤리는 마음을 굳히고 단호한 표정으로 말했다.

"무엇을 말입니까?"

그들이 할 말이 있어 찾아온 것은 보는 순간 알았지만 내용까지는 알 수가 없었다.

"우리 오크족은 무척이나 험악한 환경에서 살아왔네. 그렇기에 가지고 있는 기술도 일격필살이 많지. 그게 당연한 것이고. 하지만 자네의 기술을 본 순간 꼭 그렇지만은 않다고 여겨졌네. 특히 성인식을 치른 오크들은 모르지만 어린 오크들에게는 전사들이 가진 기술을 가르칠 수가 없었다네. 무작정 힘을 키우는 일에만 열중했지."

"그러니까……."

곤이 그루젤리의 말을 끊었다.

"아이들에게 제가 가진 기술을 가르쳐 달라는 말입니까?"

"맞네."

그루젤리는 말을 돌리지 않고 바로 시인했다.

대련이 있은 후 그는 용자들과 많은 상의를 했다. 그들은 곤의 기술에 큰 충격을 받은 상태였다.

자신보다 힘과 체격이 우수한 볼튼을 상대로 한 치의 양보도 하지 않던 곤의 기술은 문화적인 충격에 가까웠다.

그리고 그들이 내린 결론은 하나였다.

그 기술을 배울 수만 있다면 오크 전사들의 전투력은 월등하게 높아질 것이다.

그리고 수많은 몬스터의 습격 앞에서 당당하게 부족을 지킬 수 있을 것이다.

그렇게 의견을 일치시킨 그루젤리와 용자들은 곤을 찾아왔다.

물론 곤이 자신의 기술을 쉽게 가르쳐 줄 것이라 여기지는 않았다.

그렇기에 그루젤리와 용자들은 곤이 원하는 모든 것을 들어줄 생각이었다.

하다못해 오크족 최고의 미녀라는 코이를 원한다면 시집보낼 생각까지 했다.

물론 이 말을 들은 코이가 울고 불며 날뛰긴 했다.

그녀는 '그렇게 못생긴 남자한테 절대로 시집갈 수 없어요! 차라리 트롤이 그 인간보다 잘생겼어요!' 라고 외쳤다.

맞는 말이지만 부족의 미래를 위해서는 어쩔 수가 없었다.

그루젤리는 그녀에게 단단히 주의를 준 다음 용자들과 함께 집을 나섰다.

천막 안에서 '목에 칼이 들어와도 그렇게 못생긴 남자랑은 결혼하지 않겠어요! 2세를 생각해 보세요!' 라고 울부짖는 코이의 목소리가 들렸지만 억지로 그것을 외면한 그루젤리였다.

용자들은 부족장인 그루젤리의 용기에 찬사를 보냈다.

아무리 부족의 미래가 달렸다고 하지만 그렇게 못생긴 인간에게 딸을 준다는 것은 그들로서 상상도 해보지 못한 일이기에.

"자네가 원하는 모든 것을 들어줄 생각이네."

"원하는 모든 것이라……."

곤은 뺨을 긁적거렸다.

이들에게 원하는 것은 없었다.

그가 원하는 것은 오직 하나, 무사히 혜인 곁으로 돌아가는 것뿐이다.

하나 지금의 상황으로는 돌아갈 길이 요원했다. 살롱쿠기의 말처럼 기다려 보는 수밖에 없었다.

곤의 표정을 본 그루젤리는 낯빛이 어두워졌다.

인간의 표정으로 보아 뜻을 짐작할 수가 있었다. 오크족 최고의 미녀인 코이, 즉 딸을 달라는 표정이다.

부족의 미래를 위해서…….

그루젤리는 어금니를 강하게 물었다.

"딸을 원하나? 좋아, 주겠네."

뺨을 긁던 곤은 이게 무슨 개풀 뜯어 먹는 소리냐는 표정을 지었다.

그루젤리의 딸은 곤도 알고 있다.

코일코의 누나이니 모를 수가 없었다.

볼튼만큼은 아니지만 엄청난 근육을 가진 여자 오크였다. 처음 그녀를 봤을 때 전사인 줄 알았다.

하지만 여자라고 해서 꽤나 놀란 기억이 남아 있다.

코일코는 자신의 누나를 자랑스럽게 얘기했다. '우리 누나는요, 엄청나요. 전사들도 들지 못하는 바위를 아무렇게나 들어 올리고요, 혼자서 트롤을 잡은 적도 있어요. 놀랍죠? 용자들도 혼자서 트롤을 잡기가 쉽지 않거든요. 누나를 데려가는 오크는 정말 복 받은 거예요. 사부님은 관심 없으세요? 관심 있으면 제가 다리를 놔드릴 수도 있는데' 라고 말했다.

전혀 관심 없다.

그녀와 결혼이라도 하는 꿈을 꿀까 봐 아예 생각조차 하지 않았다.

복 받은 거라고?

곤이 보기에는 인생 조진 거다.

그런 여자와 입맞춤을 한다고 생각하니 등골이 오싹했다. 차라리 볼튼과 다시 한 번 사투를 벌이는 편이 나을 것이다.

그랬던 곤이다.

그런 생각을 하고 있는 곤이었으니 그루젤리가 들고 온 협상 카드는 너무도 뜬금없었다.

아마도 그것이 그루젤리로서는 최고의 협상 카드인 것 같았지만 곤으로서는 전혀 아니었다.

하지만 그루젤리 앞에서 '당신의 딸은 내게 필요 없소. 너무 못생기지 않았습니까' 라고 말할 수 없었다. 상대에게 예의 있게 거절해야만 했다.

"따님은 저에게 과분합니다. 종족이 다르기도 하고요."

"정말인가?"

그루젤리는 의심의 눈초리를 보냈다.

다른 용자들도 마찬가지였다. 모든 총각 오크가 코이를 노리고 있다.

그녀와 결혼하는 것만으로도 차기 부족장이 될 수 있으며 가족의 위상도 높아진다.

그런데 그런 코이를 마다하다니.

용자들로서는 이해가 가지 않았다.

"정말입니다. 따님은 저에게 너무도 과분합니다."

"음, 그럼 무엇을 바라는가? 자네가 아이들을 가르친다면 일단 식량은 우리가 보장하겠네. 다른 것도 원하는 것이 있다면 말을 해보게."

오크들에게 식량이란 무척 중요한 의미를 가진다.

투쟁 본능으로 이뤄진 오크족이라고 하더라도 가장 중요한

잣대는 바로 식량이었다.

식량이 확보되어야만 부족도 유지되었다.

부족장은 그런 식량을 나눠 줄 수 있는 권한을 가지고 있었다.

식량 창고를 열 수 있기에 강한 큰 힘을 가지기도 했다. 그런 식량을 무상으로 준다는 것은 외부인인 곤에게 큰 혜택을 베풀고 있는 것과도 같았다.

“저도 사냥의 계절을 함께하고 싶습니다.”

“사냥을? 왜?”

식량을 무상으로 제공한다는데 사냥에 동참하고 싶다니 쉽사리 이해가 가지 않는 그루젤리였다.

우기에 앞서 행해지는 사냥의 계절이 어찌 보면 가장 위험한 순간이기도 했다.

사냥이 시작되면 한 달이 넘는 시간 동안 마을을 비운다. 외부의 위협에 가장 많이 노출되는 시기이다.

오크 전사들도 안전한 것은 아니었다.

아차 하는 순간 수많은 몬스터가 습격해 온다.

코볼트나 고블린 같은 소형 몬스터들의 습격이라면 어렵지 않게 막아낼 수 있으나 트롤이나 미노타우르스 같은 대형 몬스터가 나타난다면 큰 피해를 입을 수가 있었다.

특히 오거와 같은 대형 몬스터와 맞닥뜨리면 아무리 오크 전사라고 하더라도 전멸에 가까운 타격을 입을 수가 있었다.

사냥이 시작되면 오크 전사 중 한두 명은 꼭 죽는 이유가 바로 그 때문이었다.

그런데 그런 위험한 사냥에 함께하겠다니 그루젤리와 용자들로서는 곤의 생각이 이해되지 않는 것이 당연했다.

하지만 곤도 그 나름대로의 생각이 있었다.

이곳에서 하염없이 기다리고 있을 수는 없었다. 더군다나 이곳에서의 생활 덕분에 자신에게 무엇이 필요한지 뼈저리게 느꼈다.

그것은 생존 능력이었다.

어떤 상황에서도 살아남을 수 있는 능력이 필요했다. 오크들과 함께 사냥을 하게 되면 그런 능력이 비약적으로 상승하지 않을까 여겼다.

"저도 오크족에게 인정을 받고 싶습니다."

반쯤은 진실이었다.

"허허허, 자네는 인간이 아닌가. 꼭 우리 오크들과 함께할 필요는 없네."

"그래도 기회가 된다면 사냥에 필요한 기술을 배우고 싶습니다."

곤의 말에 그루젤리는 흐뭇한 표정을 지었다.

책에는 인간에 대해 잔혹하고 이기적이며, 전쟁을 좋아하고 쟁취 욕구가 크다고 적혀 있었다.

장점도 적혀 있기는 했지만 기억나지 않았다.

하나 곤이 자신들의 문화를 존중하고 그것에 대해서 배우려는 의욕까지 보이니 그루젤리로서는 예뻐 보이지 않을 수 없었다.

"좋아. 자네가 그렇다면 같이 해보기로 하세. 허락하겠네."

"감사합니다."

"다른 것도 있나?"

"네."

"어떤 것이라도 말을 해보게. 내 능력이 닿는 한에서는 들어주기로 하지."

"살롱쿠기께 주술을 배우고 싶습니다."

이번에도 의표를 찌르는 말이었다. 이번만큼은 난감한지 그루젤리의 표정이 어두워졌다.

"미안하지만… 그건 그분께 직접 여쭤봐야 하네. 샤먼의 주술은 누구나 함부로 배울 수가 있는 것이 아니네."

그의 말대로다.

샤먼의 주술은 아무나 배울 수 있는 것이 아니었다. 정령과의 교감이 강해야 하고 신의 목소리를 들을 수 있는 자질이 있어야 했다.

투쟁 본능이 강한 오크에게는 좀처럼 없는 자질이었다.

당연히 샤먼이 될 오크는 희귀했다.

문제는 살롱쿠기 본인에게 있었다. 그의 스승인 크레타스와 말린이 동시에 실종되는 바람에 반쪽짜리 샤먼으로 전락하고 말았다.

샤먼으로서 긍지가 많이 약해진 그가 과연 제자를 들일지 의구심이 들었다.

"알겠습니다. 좋은 소식이 들렸으면 좋겠군요."

곤은 긍정적으로 대답했다.

그리고 며칠 후 살롱쿠기에게서 허락이 떨어졌다.

크게 기뻐한 곤은 다음 날부터 아이들을 가르치기로 약조했다.

*　　*　　*

곤과 살롱쿠기는 마주 보고 앉아 있었다.

살롱쿠기의 천막에는 언제나처럼 묵직한 느낌이 드는 향이 흐르고 있다.

"알고 있겠지만 나는 반쪽짜리 샤먼이네. 그래서 내가 가르쳐 줄 수 있는 것도 한계가 있네."

살롱쿠기는 다짐하듯이 말했다.

"알고 있습니다."

곤은 고개를 끄덕였다.

이미 무엇이든 배우겠다고 마음먹었다. 특히 살롱쿠기가 가진 주술이라는 것에 대해 호기심이 강하게 들었다. 반드시 배우고 싶었다.

"좋아. 그럼 샤먼의 정의에 대해서 먼저 가르쳐 주겠네. 기술을 익히기 위해서는 그 본연의 뜻을 먼저 알아야 하는 것은 자네도 알고 있겠지."

"그렇습니다."

기술의 이름이 붙여지면 왜 그런 이름이 붙여졌는지 아는 것만으로도 이해도가 훨씬 높아진다.

구구절절한 과거의 역사를 파고들 필요까지는 없지만 어느 정도의 배경 상식은 무엇인가를 익히기에 반드시 필요했다.

"우선 샤먼이란 정령을 다루는 자를 뜻하네. 정령이란 단순히 하나의 물체에 깃든 영혼을 뜻하는 것이 아닐세. 포괄적으로 전 세계에 퍼져 있는 모든 영혼과 소통할 수 있는 자일세."

샤먼이 쓰는 주술을 부두술이라 불렀다.

부두술의 유례는 오크들이 인간들에 의해 학살당할 때 처음으로 생겨났다.

시기로 보면 대략 2,200년 전이다. 학살황제 키르콘티누스의 이종족 말살 정책과 맞아떨어진다.

키르콘티누스는 인종차별주의자였다.

그는 인간을 제외하고는 모든 종족을 눈엣가시처럼 여겼다.

그의 손에 의해 수많은 이종족이 멸망을 당했고 시체는 산더미처럼 쌓였다.

오크들의 미래는 절망적이었다.

그들은 믿음이 필요했다.

각 오크족마다 다른 토테미즘 신앙이 있었고, 서로가 모이면서 하나의 신앙이 만들어졌다.

그렇게 탄생한 것이 바로 부두술이었다.

하나의 종교인 셈이다.

부두술은 인간의 마법처럼 강제로 자연의 힘을 사용하는 것이 아니었다.

전적으로 자연의 힘과 동화하여 그것에 이해를 바란 다음 사용할 수 있는 힘이었다.

부두술은 죽은 자에게까지 힘이 닿았다.

죽은 자들을 이용해 일을 시킨다는 말이 학살황제 키르콘티누스의 귀에 들어갔다. 황제는 오크들의 멸족을 지시했다.

대학살이 시작되었다.

살아남기 위해 오크들은 부두술에 목숨을 걸었다.

언제 또다시 인간들이 자신들을 공격할지 알 수가 없었다.

그들은 매일같이 두려움에 떨어야 했다. 부두술은 조금씩 발전되어 갔다.

명맥도 이어졌다.

부두술사들은 자신들을 샤먼이라 칭했다. 부족을 지키고 나아가 인간에게서 오크들을 보호한다는 의미이다.

그렇게 시간이 지났고, 오크들은 인간들의 위험에서 어느 정도 벗어났다.

살롱쿠기의 말을 들은 곤은 길게 한숨을 내쉬었다.

이곳의 인간들은 마치 일본군과 같은 행태를 보이고 있었다. 영토를 확장하고, 다른 민족을 말살하며, 자신들의 문명과 언어를 강제적으로 주입시켰다.

같은 인간이라고는 하지만 그다지 호감이 가지 않았다.

차라리 험악하게 생긴 오크들이 훨씬 정감이 갔다.

"샤먼이라는 존재에 그런 뜻이 있었군요."

"그렇다네. 사실 샤먼이 되기 위해서는 정령과의 친화력이 있어야 한다네. 하지만 내가 보기에 자네는 정령과의 친화력이 거의 없네."

"왜 그렇죠?"

"정령을 믿지 않아서이네. 정령과의 교감은 믿음에서부터 출발한다네. 그것은 어릴 때부터 고착되지. 하지만 자네는 정령이란 존재를 아예 모르고 있어."

"그럼 저는 부두술을 배울 수가 없습니까?"

"모르지. 그것은 정령들이 자네를 받아들이느냐 아니냐에 따라 다를 것이네."

"그럼 어찌해야 합니까?"

곤이 물었다.

그로서는 절박했다. 자신을 보호할 수 있는 뭔가를 익혀야 한다.

"먼저 강령술을 익혀야 하네."

"강령술이란 무엇이죠?"

"정령과의 교감을 이끌어내는 것을 뜻하네. 만약 정령이 자네의 뜻에 동조한다면 현실에 모습을 드러내게 될 것일세."

살롱쿠기는 곤에게 나무 막대기 하나를 던졌다. 아무것도 새겨지지 않은 평범한 나무 막대기였다.

"이것으로 자네의 무의식 속에 감춰놓은 내면을 밖으로 배출시키게. 자네의 무의식과 정령의 의식이 만나게 된다면 강령술을 익힐 수가 있을 것이네. 이것을 조각해 보게."

평생 나무를 깎아도 정령과 만날 일이 없을 수도 있었다.
"일단 해보게."
"알겠습니다. 그럼 시작해 보겠습니다."
곤은 의자에 앉아 나무 막대기를 깎기 시작했다.
무엇인가 조형을 한다는 것은 쉽지가 않았다. 칼이 엇나가 손을 베기 일쑤였다.
조선에서 쓰던 칼처럼 날이 날카롭지가 않아 나무를 깎아내기도 쉽지 않았다.
그러나 사나흘이 지나자 어느 정도 손에 익었다.
손이 베는 일도 줄어들었다.
나무에 새기는 이미지는 혜인이었다. 이렇게라도 그녀의 얼굴을 떠올리고 싶었다. 눈을 만들고, 귀를 만들고, 입술을 만들었다.
그녀의 모습을 만들면 만들수록 그리움은 더욱 커져갔다.
하나 제대로 된 여인의 형상이라고 하기에는 어려웠다. 정령과의 소통은 아예 이뤄지지 않았다.
처음으로 만든 흉상을 천막 한구석에 놓았다.
그리고 다음 나무 막대기에 혜인의 얼굴을 만들기 시작했다.
시간이 갈수록 조형물을 만드는 솜씨는 늘어갔다. 그러나 정령은 여전히 느껴지지 않았다.
어떤 식으로 정령과의 소통이 이뤄지는지 감도 잡히지 않았다.

어느덧 그의 천막 안에는 다섯 개의 조각된 흉상이 놓여 있었다.

*　　　*　　　*

"하압!"

"이얏!"

어린 오크들이 내지른 함성이 아침부터 우렁차게 울렸다. 그들이 내지른 소리가 마을 곳곳으로 퍼져 나갔다. 부모들이 종종 와서 아이들의 활기찬 모습을 보기도 했다.

예전의 수련은 서로가 치고받으며 실전 감각을 익히는 것이 대부분이었다.

당연히 하루도 빼놓지 않고 얼굴에 멍히 들어서 집에 들어왔다. 뼈가 부러지는 일도 있었다.

하지만 근래 들어서는 그런 경우가 거의 없었다.

아이들의 얼굴도 무척 밝아졌다.

경쟁심은 남았으되 미워하는 일은 거의 사라졌다고 봐도 무방했다.

곤이 아이들을 가르치면서 생긴 일이었다.

오늘도 어린 오크들은 구령에 맞춰 함성을 질렀다.

그들의 내지른 정권이 팍팍 소리를 내며 앞으로 뻗어 나갔다.

어린아이들이라서 그런지 아니면 정령에 대한 믿음이 있는 아이들이라서 그런지는 모르지만 이들이 내기를 느끼는 속도는 무척이나 빨랐다.

노가스라는 어린 오크는 무상심법을 가르친 지 단 하루 만에 내기를 느끼기도 했다.

약간의 차이는 있지만 대략 한 달 안팎으로 모든 아이가 내기를 느꼈다.

내기를 느끼면서 아이들은 몰라보게 활기차졌다.

그렇지 않아도 혈기 왕성한 아이들인데 내기로 인해 혈관이 튼튼해지고 세포가 활성화되었으며 뼈가 굳건해지고 있으니 당연한 일이었다.

아이들이 내지른 주먹에서 힘이 넘쳐났다.

"정말 활기차구만."

아이들이 어떤 식으로 수련하는지 확인하러 온 그루젤리가 연신 감탄사를 내뱉었다.

그가 기억하는 아이들은 악착같이 도끼를 휘두르며 상대를 찍어 누르는 연습만 하고 있었다.

하지만 그때와는 분위기가 완전히 달랐다.

종종 웃고 떠들기도 하고 친구들과 장난을 치기도 했다. 눈빛은 예전보다 훨씬 부드러워졌다.

"그렇군요. 아이들의 움직임도 정말 좋습니다."

그루젤리와 함께 온 정화의 용자 헝가스도 감탄사를 내뱉었다.

"오셨습니까."

그들을 발견한 곤이 앉아서 나무를 깎다 말고 마중을 나왔다.

"음, 자네의 허락도 없이 와보았네. 실례가 되지 않았는지 모르겠군."

"괜찮습니다. 언제든지 오셔서 봐도 상관없습니다."

"고맙구먼."

그루젤리는 아이들을 둘러보다 자신의 아들에게 시선이 꽂혔다.

코일코는 막내아들이다.

하지만 심약하고 전사가 되기 싫어해서 얼마나 마음을 졸였던가.

하나 지금은 그런 모습이 전혀 보이지 않았다.

언제나 부모의 뒤로 숨던 나약한 코일코는 더 이상 존재하지 않았다.

아들은 강해지고 씩씩해졌다. 이대로만 커간다면 죽어도 여한이 없을 듯했다.

부모도 하지 못한 일을 곤이 해주었다.

아들에게 힘과 용기를 준 곤에게 무척이나 고마웠다. 그렇기에 직접 발 벗고 나서서 곤이 부탁한 모든 것을 들어주었다.

"확실히 보기는 좋습니다만, 과연 저렇게 독기 없이 훈련해서 전사가 될 수 있겠습니까?"

정화의 전사 헝가스가 예를 갖춰 물었다. 그의 궁금증은 타당했다.

아이들이 밝게 자라는 것은 좋다.

그러나 그들은 투쟁의 종족 오크였다. 오크에게 본능을 빼앗아 가면 무엇이 남는다는 말인가.

이 험한 그랑쥬리 정글에서 투쟁심이 없는 오크는 살아남을 수 없었다.

그것이 걱정되었다.

"이해합니다. 하지만 아이들에게 무조건적인 투쟁심을 강요해서는 안 된다고 생각합니다. 아이들이 가장 먼저 느껴야 할 것은 흥미와 재미입니다."

곤이 대답했다.

"흥미와 재미요?"

"그렇습니다. 고된 훈련을 훈련으로 받아들이지 않고 하나의 놀이로 느끼게 하는 겁니다. 즐겁게 훈련을 하고 훈련에 대한 성취가 있을 때 아이들은 흥미를 느끼게 됩니다."

"흥미를 느낀다고 아이들은 강해지지 않을 겁니다."

"아니요. 억지로 하는 것보다 배는 강해질 겁니다. 장담하죠."

"믿을 수가 없습니다."

"그럼 보여드리죠. 코일코."

고개를 끄덕인 곤이 코일코를 불렀다. 소년은 아버지와 형이 지켜보고 있다는 생각에 더욱 기합을 넣으며 앞으로 나왔다.

코일코는 곤의 앞에서 부동자세를 취했다.

"자, 도수도의 품새를 한번 해보렴."

"알겠습니다, 사부님."

호흡을 가다듬은 코일코는 아이들과 아버지, 형, 사부인 곤이 보는 앞에서 홀로 품새를 준비했다.

정신을 집중하자 내기가 움직였다.

내기는 소년의 뜻에 따라 전신의 혈맥을 타고 휘감았다.

힘이 넘쳤다.

"합!"

우렁찬 코일코의 함성이 터졌다. 평상시에는 볼 수 없는 강렬한 기합이었다.

소년은 힘차게 주먹을 앞으로 내질렀다.

팡팡 소리가 날 정도로 위력이 있다. 정권을 지른 후 한 손으로 옆을 막고 다리를 회전시켜 상단치기를 선보였다.

곧이어 2단 상단차기인 변축이 터졌다. 소년보다 머리 하나는 다리가 높게 올라가더니 갑자기 급가속하여 밑으로 곤두박질쳤다.

놀라운 기술이 아닐 수 없었다.

"도수도 2장, 천이라는 것입니다. 하늘 아래 내가 있다는 뜻이지요. 나의 존재감을 중요시하는 장입니다. 1장 합일에 비해 훨씬 고난도의 기술이 들어간 품새지요."

곤은 도수도 3장과 4장, 5장에서 대해서 자세히 설명해 주었다.

코일코는 땀을 뻘뻘 흘리며 완벽하고 자세하게 품새를 끝까지 실현했다.

소년이 5장까지 품새를 완성하는 데 걸린 시간은 대략 차 한 잔 마실 시간을 넘었다.

품새를 하는 동안 엄청난 땀이 흘러 바닥을 적셨다.

그다지 힘들어 보이지 않는데 그렇게 땀을 흘리니 그루젤리와 헝가스는 신기하기만 했다.

곤이 주변에 있는 손바닥 크기의 돌을 코일코의 머리 위로 던졌다.

빠르지는 않지만 맞으면 다칠 수도 있는 크기였다.

코일코는 이미 곤이 돌을 던졌다는 것을 눈치챘다. 소년의 몸이 한 바퀴 회전했다.

날아오던 돌은 회전하는 코일코의 발에 맞고 멀리 사라졌다.

"후우우욱."

코일코는 손을 내린 후 호흡을 조절했다.

다람쥐처럼 날쌘 움직임에 그루젤리와 헝가스는 저도 모르게 손바닥을 치고 있었다.

"놀랍구려. 정말로 놀라워. 정말 놀라운 기술이구려."

그루젤리는 연신 감탄사를 내뱉었다.

이렇게 해서 강해질 수 있을까 하는 의구심은 단번에 사라졌다.

"과찬이십니다."

"그런데 말이요, 아무리 봐도 이런 기술은 아무에게나 보여

줘서는 안 되는 것 같은데, 괜찮겠소?"

그루젤리는 솔직하게 물었다. 샤먼이 사용하는 부두술은 오직 후계자에게만 전수되었다. 그만큼 어렵고 배우기 힘든 술법이었다.

곤이 가르쳐 준 도수도라는 무술도 같을 것이라 여겨졌다. 그루젤리는 멍청하지 않았다.

도수도를 본 그는 곤이 큰 희생을 하고 있다고 생각했다.

하지만 곤의 생각은 달랐다.

잠시 사이가 나쁘기는 했지만 이들은 생명의 은인이다. 또한 정신과 육체가 건강해지는 데 큰 도움을 주었다. 이들에게 악감정이란 남아 있지 않았다. 아니, 오히려 호감을 가지고 있다.

언젠가는 이들에게서 떠날 날이 올 것이다. 그리고 이들을 영원히 기억하겠지.

곤은 자신이 도울 일이 없을까 생각해 보았다.

그가 가진 지식은 이곳에서 아무런 쓸모가 없었다.

있다면 단 하나, 무학 스님께 배운 사도와 무상심법뿐이었다. 무학 스님은 이런 말을 하셨다. '죽을 때 다 가지고 갈 것 아니면 뭐든 남김 없이 베풀거라. 소중한 것은 마음이다.'

어릴 적에는 그 말이 무슨 뜻인지 알지 못했다. 왜 자신이 가진 것을 남에게 줘야 하는지 이해하지 못했다. 하지만 지금은 그분의 뜻을 알 것 같았다.

사도란 꽁꽁 숨겨놓고 혼자서 알아야 하는 것이 아니었다. 다른 자들과 함께 행복할 수 있다면 얼마든지 베풀 수가 있는 삶의 한 방편이었다.

그렇기에 오크들에게 아낌없이 도수도를 가르칠 수가 있었다.

"상관없습니다. 아이들이 건강하게 자라서 옳은 정신을 가진 전사가 된다면 제가 가진 모든 것을 가르칠 수 있습니다."

"허허, 위대한 샤먼이 될 수 있는 자로세. 누구도 자네와 같은 생각을 가지지 못할 것이야."

알면 알수록 신비한 자였다. 마음의 깊이를 짐작할 수도 없었다.

그루젤리는 빙긋 미소를 지은 후 아이들을 돌아보며 물었다.

"너희는 도수도를 배우는 것이 재미있느냐?"

"네! 완전 재밌어요!"

"저도 코일코가 한 회전각을 할 줄 알아요!"

"저도요! 저도요!"

어린 오크들은 손을 번쩍 들며 너도나도 한마디씩 했다.

아이들은 진심으로 이 시간을 즐기고 있었다.

곤이 한 말을 조금이나마 이해할 수가 있는 그루젤리였다.

"그럼 아이들을 부탁하네. 나도 자네를 위해서 있는 힘껏 힘을 쓰겠네."

"감사할 따름입니다."

아이들의 부모와 그루젤리로 인해서 어린 오크들이 나날이 발전하고 있다는 소문이 마을에 파다하게 퍼졌다. 마을에 활기가 돌았다.

하지만 쿠기쿠기와 그를 따르는 몇몇 어린 오크는 그렇지 않았다.

그들만 따로 훈련을 하자니 제대로 되지가 않았다. 마음속으로는 같이 가서 곤에게 배우고 싶었지만 코일코에게 패배한 후 차마 그의 앞에 나타날 수가 없었다. 소년들의 마지막 남은 자존심이었다.

그러나 쿠기쿠기와 남은 소년들도 곤에게 갈 수밖에 없었다.

쿠기쿠기의 아버지인 케르만이 대노하여 화를 냈기 때문이다.

"이놈아! 자존심이 밥 먹여주더냐! 다른 아이들은 빠르게 전사로 성장하는데 너만 그 자리에 머물 것이야! 패배는 성장의 밑거름이 된다! 하나 너처럼 굴어서는 성장은커녕 마을에서 가장 약한 오크가 되고 말 것이다! 코일코에게 가서 진심으로 사과해라! 그리고 같이 도수도를 배우도록 해라!"

쿠기쿠기는 어쩔 수 없었다. 그는 자신을 따르는 다른 오크들과 같이 곤이 머물고 있는 천막 앞에서 우물쭈물하며 서 있었다.

이미 다른 어린 오크들은 부동자세로 곤이 나오기를 기다리고 있었다.

곤이 밖으로 나오자 소년들은 '사부님, 나오셨습니까?' 하며 우렁차게 소리쳤다.

그들의 함성이 하도 커서 쿠기쿠기와 친구들은 움찔거리며 기가 죽고 말았다.

"너희도 도수도를 배울 것이냐?"

곤이 물었다.

쿠기쿠기는 작게 고개를 끄덕였다.

"크게 말을 해보아라."

"네, 배우고 싶습니다."

쿠기쿠기는 모기가 기어들어 가는 듯한 작은 목소리로 대답했다.

"크게!"

곤이 소리쳤다.

"네! 배우고 싶습니다!"

쿠기쿠기와 친구들의 음성이 높아졌다.

"작다. 더 크게!"

"네! 배우고 싶습니다!"

그들은 자신이 가장 크게 낼 수 목소리로 악에 받친 듯이 소리쳤다.

소년들의 모습을 보며 곤은 부드러운 미소를 지었다.

"좋아. 코일코, 네 친구들이다."

곤의 말에 코일코가 앞으로 나왔다. 아이들은 대체로 코일코의 말을 잘 따랐다.

아이들은 코일코가 곤의 수제자임을 눈치껏 알아보고 있었다.

그렇기에 코일코가 앞으로 나서도 질투를 하지 않았다.

코일코가 앞으로 나오자 쿠기쿠기는 찔끔거렸다. 어쩐지 그와 같이 서 있는 것이 부담스러웠다. 같이 있자니 당장에라도 등을 돌려 집으로 가고 싶었다.

더군다나 쿠기쿠기는 자신이 코일코에게 한 일을 기억하고 있었다. 얼마나 오랫동안 코일코를 괴롭혀 왔던가. 그가 자신에게 똑같이 하지 말란 법은 없었다.

코일코는 쿠기쿠기를 물끄러미 바라봤다.

쿠기쿠기가 머리 하나는 큰데도 기가 죽어 눈을 마주치지 못했다.

"쿠기쿠기."

코일코가 쿠기쿠기를 불렀다.

"응."

쿠기쿠기는 발등에 시선을 두고 작게 대답했다. 코일코가 당장에라도 자신의 멱살을 잡고 수련장 밖으로 끌어낼 것만 같았다.

"자."

"응?"

코일코가 손을 내미는 것이 아닌가. 쿠기쿠기가 흠칫거렸다. 결투를 하자는 의미였다.

"사부님이 말씀하시길, 인간들에게 악수는 친구가 되자는 의미라고 하셨어. 인간들의 풍습이지. 사부님의 제자가 됐으니 그 풍습을 존중해야 된다고 생각해."

코일코는 빙그레 웃으며 말했다.

"그 말은?"

"환영해. 이제 우리 열심히 해보자."

"정말? 나 미워하지 않아?"

"왜 널 미워해. 예전에는 내가 너무 나약했잖아. 욕먹어도 싸지."

"고마워."

쿠기쿠기는 코일코의 손을 덥석 잡았다. 소년의 눈동자에 작은 물방울이 맺혀 빛을 냈다.

"얘들아, 친구 다섯 명이 더 생겼다! 모두 환영해 줘!"

코일코가 어린 오크들을 향해서 소리쳤다.

"반갑다, 쿠기쿠기. 네가 안 와서 어쩐지 심심했어."

"우리 열심히 해보자."

이곳저곳에서 환영의 말이 흘러나왔다.

그들의 환대의 가슴이 먹먹해 오는 쿠기쿠기였다. 그는 자신도 모르게 눈물을 주르륵 흘렸다.

손등으로 눈물을 닦아냈지만 한번 터진 울음은 좀처럼 멈추지 않았다.

소년들의 우정을 보며 곤은 뿌듯한 마음이 들었다. 이 일로 소년들의 단합은 한층 강해졌다.

서로 간의 결속력은 강철처럼 단단해질 것이고 어지간해서는 깨지지 않을 것이다.
이들이 오크족의 미래이다.
자신이 조금이라도 이들의 미래에 기여했다고 생각하니 마음이 한결 가벼워지는 곤이었다.

Chapter 3. 생존 훈련

곤은 깎은 목각 인형을 머리맡에 놓았다.

나무를 조각하는 솜씨가 나날이 좋아졌다.

처음에는 얼굴만, 다음에는 흉상, 그다음에는 전체적인 모양을 조각할 수가 있게 되었다.

하지만 정령과의 소통은 이뤄지지 않았다.

감도 잡히지 않았다.

정령이란 이미지가 잡히지 않다 보니 어떤 식으로 접촉해야 하는지도 알지 못했다.

벌써 곤이 깎은 목각 인형은 마흔 개를 넘어서 있었다.

답답함을 이기지 못한 곤이 살룽쿠기를 찾아가서 물었다.

"샤먼이시여, 정령과의 교감을 전혀 느끼지 못하겠습니다.

계속 나무를 깎아야 합니까?"

"계속 깎게. 깎고 또 깎게. 그러다 보면 자네의 무의식에 있는 사념이 정령과 접촉하게 될 걸세."

"가능하긴 합니까?"

"언젠가는……."

언젠가는……. 이처럼 무책임한 답변은 없을 것이다. 그러나 반대로 생각하면 되긴 된다는 말이다.

부디 늙어 죽기 전에 가능했으면 한다.

"곤, 있는가?"

천막 밖에서 많이 듣던 묵직한 목소리가 울렸다.

"들어오게."

곤은 짧게 대답했다.

대답과 함께 거구의 오크가 천막 안으로 들어왔다.

곤만큼이나 키가 크고 덩치는 몇 배나 큰 오크 볼튼이었다.

볼튼과 곤은 얼마 전부터 같이하는 행동이 많아졌다. 처음에는 데면데면한 감이 없지 않았지만 지금은 꽤나 친해졌다고 할 수 있었다.

볼튼은 생각보다 훨씬 호탕했다.

강함에 대한 집착이 엄청나기는 했지만 그 외적인 일에는 사내다움이 넘쳐났다.

잘린 손가락이 괜찮으냐고 물었더니 볼튼은 껄껄 웃으며 대답했다.

'자네와 같은 전사와 싸워서 손가락 하나로 끝났으니 다행이지 뭔가. 신경 쓰지 말게.'

놀라울 만큼 깔끔한 사내였다.

굉장히 나빠 보이던 볼튼의 인상이 이후로 차차 나아졌다.

"아직도 목각 인형을 깎고 있나?"

볼튼은 천막 안에 가득 쌓인 여러 형태의 목각 인형을 보며 물었다.

목각 인형은 여러 가지 형태였지만 한 가지 공통점이 있었다.

바로 여성이라는 것이다.

처음에는 남자인지 여자인지 분간이 가지 않던 목각 인형이지만 지금은 무엇을 만들고 있는지 확연하게 알 수 있었다.

손재주도 나날이 좋아져 마을의 대장장이인 키론과 샤먼인 살롱쿠기는 빼고는 그의 조각 솜씨를 넘어설 오크는 없었다.

"그래, 정말 미치겠군."

곤이 길게 자란 머리를 벅벅 긁었다.

볼튼은 곤이 방금 깎은 목각 인형을 들고 유심히 살폈다.

눈과 코, 입과 머리카락이 정교하게 조각되어 있다. 색만 입혀진다면 금방이라도 살아나 자신에게 말을 걸 것만 같았다.

"놀랍군. 이토록 정교한 목각 인형이라니. 실제 크기로 조각한다면 실물과 혼동하겠어."

"설마……."

곤은 말도 안 된다며 손사래를 쳤다.

"정말이야. 놀라워. 인간이 손재주가 있다고 듣긴 했지만 이 정도인 줄은 몰랐는걸."

"매일 똑같은 것을 반복해서 깎다 보면 자네도 할 수 있게 될 거야. 그나저나 자넨 정령과 교감할 수 있나?"

가장 궁금한 것 중의 하나이다.

샤먼 살롱쿠기가 정령과 교감하려면 이렇게 해야 한다고 했지, 다른 오크들은 어떻게 하는지 말해주지 않았다.

말을 해줄 필요가 없었는지도 모르고. 그렇기에 다른 오크들도 정령과의 교감을 가지고 있는지 궁금했다.

"당연하지."

볼튼은 바로 대답했다.

너무도 당연하게 대답해서 곤이 민망한 느낌이 들 정도였다.

"자네도 목각 인형을 깎았나?"

곤이 다시 물었다.

"아니."

"그럼 어떤 식으로 정령과 교감이 되었나?"

"모든 오크는 성인식을 치르게 되면 자연스럽게 정령과 교감하게 되네. 각각의 특성에 맞게 불, 물, 바람, 대지의 정령과 계약을 하게 되지. 다른 종족은 더 많은 정령과 계약할 수 있다지만 우리 종족은 이렇게 네 종류의 정령과의 계약이 가능하지."

"저, 정말로 자연스럽게 정령과 계약이 된다는 거야?"

"그래."

볼튼은 새삼스럽다는 표정으로 대답했다.

억울하다.

뭔지 모르지만 굉장히 억울했다.

몇 달 동안 꼼짝도 하지 않고 목각 인형을 만들었는데 전혀 정령의 낌새를 느낄 수가 없었다.

하지만 오크는 성인식만 치르면 자연스럽게 정령과 계약을 맺을 수가 있다고 하지 않는가.

"정령이라는 것을 볼 수 있나?"

곤은 한숨을 내쉬며 물었다.

"나는 볼 수 있지. 하지만 자네는 볼 수 없을걸."

"왜?"

"정령을 믿지 않으니까."

"살롱쿠기도 그런 말씀을 하시던데 자네도 그런 말을 하는군."

"샤먼께서 목각 인형을 깎으라고 하셨지? 우리도 종종 하던 일이야."

"우리라니?"

"성인식을 치러도 정령과의 교감을 이루지 못한 오크들이 나오거든. 그들을 위해서 고안한 방법이 목각 인형을 깎는 것이지. 조금 다른 것은 있지. 자네는 정령을 믿지 않고 그들은 정령과의 교감이 떨어진다는 것."

"음, 꽤나 어렵네. 어쨌든 정령이란 존재를 믿어야만 교감이 가능하다는 것이군."

곤은 머리를 긁적거렸다.

아무리 정령이라는 존재를 믿어보려고 해도 이미지가 잡히지 않았다.

무엇을 믿어야 하는지 근본적인 대책이 필요했다. 느낌도, 형상도, 존재도 알 수 없으니 답답하기만 했다.

"정령이라는 것을 한 번만 보여주게. 어쩌면 도움이 될지도 모르니."

고개를 끄덕인 볼튼이 천막 한구석을 응시했다.

자세히 알 수는 없지만 그가 바라본 흙바닥에서 작은 힘이 느껴지는 것 같았다. 그리고 바닥이 들썩거리더니 뭔가가 튀어나왔다.

형체는 보이지 않았다. 하지만 튀어나온 존재가 무엇을 하는지는 알 수 있었다.

손바닥 크기의 그 존재는 몸에 묻은 흙은 몸을 좌우로 흔들어 털어냈다.

흙이 떨어져 나가자 다시 보이지 않았다.

볼튼이 손바닥을 폈다. 바닥에 아주 작은 발자국이 찍혀 있다. 종종걸음으로 움직인 그것이 볼튼의 손바닥으로 뛰어오른 모양이다.

"보이나?"

볼튼이 물었다.

"아니."

"그것 보게. 정령에 대한 확고한 믿음, 그리고 교감이 있어야만 정령을 볼 수가 있다네."

"조금은 알 것 같군. 그런데 정령이라는 것이 무척 작나 보군."

"가장 하급 정령을 실버 소울라고 하네. 노움이라고 하지."

"노움? 실버 소울?"

"태어난 지 천 년이 되지 않는 어린 정령을 실버 소울라고 해."

"정령도 등급이 나눠져 있나?"

"등급이라 해야 할까. 굳이 따지자면 그렇지만 우리 오크처럼 유아기, 아동기, 청년기, 노년기를 말하는 것이네. 하나 다른 점이 있다면 우리는 늙지만 정령들은 늙지 않지."

"그럼 실버 소울란 유아기에 해당하는 정령이란 말인가?"

"맞네. 정령은 세 번의 탈피를 하지. 지금은 이렇게 작지만 어느 정도 성장하게 되면 애벌레들처럼 고치에 감싸이게 되지. 그리고 훨씬 거대한 기간틱 소울이 되네. 우리 정도의 크기가 되는 거지. 그리고 극소수의 기간틱 소울은 다시 한 번 탈피한다네. 그럼 마침내 정령의 꽃이라 할 수 있는 얼티메이트 소울이 되는 거지. 그 강력함은 이루 말할 수가 없다고 하는데 나도 본 적이 없네. 부족에서 가장 강력한 정령과 교감을 맺고 있는 분은 용자들과 샤먼이시네. 그분들이 맺고 있는 정령도 모두 기간틱 소울이야."

"얼티메이트 소울이라……. 상상이 가지 않는군."

"당연하지. 듣기론 육상 몬스터 중에 최강의 괴력을 자랑하는 오거도 한입에 끝장이 난다고 하더군. 뭐, 본 적이 없으니 장담은 할 수 없지만."

"더 강력한 정령도 있나?"

"당연하지. 그들은 정령이라기보다는 신에 가깝지. 모든 정령의 정점에 선 자들, 엠페러 소울이네. 누구도 그들과 교감을 나눴다는 소리는 들어본 적이 없어. 왜냐고? 어떤 정신력도 엠퍼러 소울의 강대한 정신 에너지를 품을 수 없을 테니까."

정령에 대해 자세한 이야기를 듣고 나자 조금은 정령에 대한 이미지가 생기는 듯도 했다.

하지만 볼튼의 손바닥에서 놀고 있는 노옴이란 정령을 눈으로 확인하지 못한 것이 못내 아쉬웠다.

"그런데 정령이란 무척 순한 듯한데 전투에도 도움이 되나?"

"순하다고? 허허, 자네가 뭘 모르는구만. 각각의 정령은 계약자의 성격을 좇네. 아이와 같은 실버 소울는 전적으로 계약자의 영향을 받지. 이 아이 같은 경우는 무척이나 호전적이네."

"호전적이라고?"

"그렇다네."

볼튼의 말이 떨어짐과 동시에 곤의 발밑에서 나무뿌리가 튀어나왔다.

나무뿌리는 곤의 발목을 칭칭 감더니 종아리까지 뻗어왔다.

조이는 힘이 상당했다. 깜짝 놀란 곤이 발을 들어서 나무뿌리를 뿌리치려고 했지만 어림없었다. 움직이는 것 자체가 어려웠다.

"킴, 내 친구야. 화내지 말고 저것을 풀어주렴."

볼튼은 곤의 눈에는 보이지 않는 무형의 무엇인가를 향해서 부드럽게 말했다.

동시에 곤의 다리를 감싸고 있던 나무뿌리가 흙바닥 밑으로 사라졌다.

곤은 어안이 벙벙해졌다.

정령에게 마술과 같은 이런 능력이 있을 줄은 상상도 하지 못했다. 상상을 하지 못했기에 이미지를 잡지 못했는지도 모른다.

"이, 이게 정령의 능력?"

"맞아. 가장 어린 실버 소울의 능력이지만 꽤나 대단하지. 이것뿐만이 아니야. 전투에도, 삶에도 무척이나 도움이 돼. 또한 사냥을 나갔을 때도 정령들은 계약자에게 도움을 주지. 내 정령의 이름은 킴이야. 800살 정도로 어린 정령이지만 보다시피 나에게는 분신과 같은 아이지."

곤은 고개를 끄덕였다.

모든 오크가 그에게 친절히 대하고 도수도를 배우기 위해 족장까지 굽실굽실하니 어쩐지 우쭐해진 모양이다.

이들이 진정한 실력을 보였다면 그는 보통의 오크 전사조차도 이길 수 없었을지도 모르겠다.

창피했다.

아직 한참 멀었다는 것을 깨달았다.

"그나저나 무슨 일인가?"

이야기가 한참이나 밖으로 흘렀다. 뭔가 생각났다는 듯이 곤이 물었다.

"아참, 내 정신 좀 보게. 오늘부터 자네에게 사냥을 가르칠 것이네."

"자네가?"

"그래. 그리고 아이들도 함께."

"나와 애들이 같이 사냥을 배운다고? 성인식을 치러야 사냥을 배우는 것이 아니었어?"

"이번 일로 족장님과 용자들의 생각이 바뀐 모양이야. 사냥에 데려가지는 않아도 조금씩 가르칠 생각이신 모양이네. 그러니 어서 준비하고 나오게."

"알았어. 준비하지."

곤은 뒷머리를 긁적거리며 말했다.

사부님이라 부르는 아이들과 함께 사냥을 배울 생각을 하니 왠지 멋쩍다. 아이들보다 못하면 무척이나 얼굴이 화끈거릴 듯하다.

*　　　*　　　*

곤과 서른 명이 넘는 오크 아이들은 마을 근처에 위치한 계곡에 나와 있었다.

계곡을 따라 내려오는 맑은 물줄기가 무척이나 시원해 보인다.

연못의 크기는 상당히 컸다.

이곳에 있는 모든 인원이 들어가도 넉넉할 정도였다. 연못은 무척이나 맑아서 물속에서 노는 물고기들이 생생하게 비쳤다.

"자, 정렬!"

볼튼이 아이들을 향해서 말했다.

시끄럽게 떠들던 아이들이 곤에게 배운 대로 오열을 맞춰 가지런히 섰다.

아이들의 표정은 들떠 있었다.

곤은 어정쩡한 자세로 그들의 옆에 섰다.

아이들은 스승인 곤이 자신들과 함께 줄을 서자 의아한 표정을 지었다.

"사부님."

코일코가 조용히 곤을 불렀다.

"왜?"

"혹시 사부님도 사냥을 배우는 거예요?"

"맞아."

"후후후."

"왜 웃지?"

"그냥요. 우리 사부님도 못하는 것이 있다는 게 신기해서요."

"신기할 것도 참 많다. 배워야 할 필요성이 있으니까 배우는 것뿐이야. 그러니 너도 열심히 하도록 해."

"네, 사부님."

코일코는 작은 주먹을 꽉 쥐어 보였다.

"자, 모두 주목!"

볼튼이 곤과 아이들을 향해서 다시 한 번 큰 음성으로 말했다. 아이들이 볼튼의 말에 주목했다.

"먼저 너희가 배워야 할 것은 수영이다. 알다시피 곧 사냥의 계절이 돌아온다. 너희도 성인이 되어 전사가 되면 반드시 사냥 기술을 배워야 한다. 그중에 기본이 되는 것이 바로 수영이다. 알겠나?"

"네!"

아이들이 우렁차게 대답했다. 모두가 자신 있어하는 표정이다.

반면 곤은 똥 씹은 표정을 지었다.

그는 수영을 할 줄 몰랐다. 반면 어린 오크들은 어떤 식으로든 수영을 할 줄 알았다. 아무리 못해도 떠 있을 수는 있었다.

하지만 곤은 아예 물에 뜨지도 못했다.

한 오크 전사가 수영 시범을 보였다. 한쪽 팔을 귀에 대고 다른 손을 쭉 펴 회전하며 고개를 좌우로 돌리는 걸 반복했다.

보기에는 어렵지 않을 것 같았다.

"자, 모두 봤지? 전원 연못에 들어간다!"

볼튼의 말과 함께 아이들이 신이 나서 물속으로 뛰어들었다.

한 번 시범을 보였을 뿐인데 아이들은 곧잘 따라 했다. 종종 어설픈 수영 실력을 보이는 아이들이 있었지만 같이 따라 들어간 오크 전사들이 자세를 바로잡아 주었다.

"자네는?"

볼튼이 곤을 보았다.

사냥 기술을 배우고 싶다면서 왜 안 들어가느냐는 의문 섞인 표정이다.

"들어간다고, 들어가."

곤은 연못으로 천천히 걸어갔다.

아무리 습한 기운이 없다고 해도 정글의 날씨이다.

정오가 되면 머리 가죽이 벗겨질 것처럼 뜨거운 태양이 내리쬐었다.

당연히 흐르는 강물의 온도는 미지근했다.

하지만 계곡에서 흘러내리는 물은 얼음처럼 차가웠다.

정신이 번쩍 들 정도였다. 두 발을 내딛자 허리까지 찼다. 보기보다 훨씬 깊었다.

아이들은 훨씬 안쪽에서 수영 연습을 했다. 그곳까지는 가야 했다.

물이 너무 차가워 어금니가 덜덜 떨렸다. 이렇게 차가운 물이 있다는 것은 정말 의외였다.

"어서 들어가게."

볼튼의 재촉하는 목소리가 들렸다.

알았다고, 알았어.

"사부님, 어서 들어오세요. 엄청 시원해요."

한술 더 떠 아이들도 곤에게 어서 들어오라며 손짓했다.

곤은 연못 안쪽으로 들어서며 오크 전사가 시범을 보인 수영 자세를 되새겨 보았다.

한쪽 팔을 귀에 붙이고 다른 손을 크게 회전한다. 그와 함께 양발을 힘차게 젓고 고개는 반대편으로 돌린다.

이론적으로는 어렵지 않지만 생각처럼 될지는 의문이었다.

죽기 아니면 까무러치기였다.

곤은 한쪽 팔을 귀에 붙이고 물속으로 뛰어들었다.

풍덩 소리와 함께 그의 몸이 앞으로 쭉 뻗어 나갔다.

아이들이 '와, 사부님도 수영을 하신다!' 하며 시끄럽게 떠들어댔다.

곤은 다른 팔을 휘저었다. 고개는 반대로 젖혔다. 양발도 힘차게 저었다.

그런데 가라앉는다.

어떻게 된 일인지 모르겠다.

다급한 마음에 양팔을 더욱 세게 휘저었지만 그의 육체는 그를 배신했다.

조금도 뜰 생각을 하지 않았다.

점점 가라앉았다.

문제는 연못의 깊이였다.

곤이 발을 디딘 부분까지는 그래도 깊지 않았지만 지금은 족히 수심 5m는 될 듯했다.

'빌어먹을, 큰일 났다.'

어떤 방법을 써도 떠오르지 않았다.

당황하니 입과 콧속으로 물이 마구 들어왔다. 숨이 턱턱 막히고 눈이 뒤집혔다.

수영 방법을 떠올릴 때가 아니었다. 양손을 허우적거렸다. 역시 떠오르지 않았다.

상황이 이런데 아무도 도와주러 오지 않았다. 물에 빠져 죽는 고통이란 상상을 초월한다. 심장이 터질 것처럼 아파왔다.

이대로는 죽는다.

수영을 배우다가 죽을 수는 없었다.

1분이라도, 아니, 10초라도 냉정을 유지해야 했다. 그는 눈을 감았다.

마음이 가라앉았다. 무척이나 숨이 답답하지만 발버둥을 칠 정도는 아니었다.

곤의 몸은 천천히 가라앉았다.

그의 등이 연못에서 가장 수심이 깊은 곳에 닿았다. 조용히 내기를 일으켰다. 내기가 천천히 돌며 우왕좌왕하던 육체를 진정시켰다.

입술을 벌렸다. 작은 물방울이 뽀글뽀글 연못 위로 올라간다.

내기가 전신을 돌자 숨을 참기가 한층 쉬워졌다.
눈을 떴다.
햇빛이 물살을 비추고 있다. 까마득히 멀리 있는 느낌이 들었다.
그때였다.
뭔가가 휙 하고 그의 눈앞을 지나쳤다.
'잘못 봤나?'
곤은 눈을 껌벅거렸다. 잘못 본 것이 아니었다. 그의 주변에 인간의 모습을 한 작은 희한한 생명체가 까르르 웃으며 헤엄치고 있었다.
눈동자가 새까맣다.
이마에는 황금색 밴드를 매고 있고 보라색 머리카락을 지녔다.
잠자리처럼 두 쌍의 날개를 지녔는데 이상한 것은 물속에서도 날개가 젖지 않는 모양이었다.
미치겠군. 손가락만큼이나 작은 인간이라니.
죽을 위기에 처한 상태에서 별 괴이한 생명체를 다 목격했다.
자세히 보니 곤의 주변에 작은 인간들이 여럿 보였다.
물고기들이 작은 인간들을 먹이로 착각하고 입을 벌리며 다가왔다.
갑자기 작은 인간들이 물고기들을 향해 사납게 이빨을 보였다. 생김새는 꼭 귀여운 인간 같은데 이빨은 육식동물의 것 같았다. 어쩐지 섬뜩했다.

놀란 물고기들이 입을 다물고 흩어졌다.

작은 인간들이 다시 고개를 돌려 곤을 바라봤다. 흥미로운 것을 발견한 표정들이다.

점점 숨을 참기가 어려워졌다.

곤은 천천히 몸을 일으켰다.

바깥쪽으로 나가야 했다. 곤이 움직이자 작은 인간들이 주변을 빠르게 맴돌았다. 이상하게도 작은 인간들의 숫자가 점점 많아졌다. 처음에는 서너 명이던 것이 지금은 수십 명이 넘었다.

곤은 손을 휘휘 저었다.

처음에야 신기했지만 지금은 걸리적거렸다. 당장 숨이 막혀 질식하기 직전이다.

있는 힘껏 내기를 전신으로 회전시켰지만 참는 데도 한계가 있었다.

손을 휘젓자 작은 인간들이 불쾌한 표정을 지었다. 사나운 이빨을 드러내며 으르렁거렸다. 이럴 때는 성난 강아지 같았다.

곤은 걸음을 서둘렀다. 물속이라 무척이나 움직임이 둔했다.

이런 상황이지만 아무도 그를 데리러 물속으로 들어오지 않았다.

혼자의 힘으로 빠져나가야 했다.

작은 인간들은 지들끼리 뭐라고 지껄이며 곤의 주변을 맴돌았다.

짜증이 난 곤은 자신도 모르게 입을 벌리고 '좀 저리 가!' 라고 말하고 말았다. 입안으로 상당한 양의 물이 들어왔다.

목구멍과 코가 콱 막혀 숨이 끊어질 것 같았다. 이제는 정말 시간이 없었다.

곤은 주변에서 맴도는 작은 인간들을 손을 흔들어 물러나게 하고는 서둘러 걸음을 옮겼다.

'으윽.'

엄지손가락에서 따끔한 고통이 느껴졌다.

화가 난 작은 인간 하나가 그의 손가락을 날카로운 이빨로 문 것이다.

곤은 급하게 손가락을 흔들어 작은 인간을 떼어내고는 물 밖을 향해서 걸었다.

겨우 수십 미터 정도밖에 안 되는 거리지만 무척이나 길게 느껴졌다.

수십 마리의 작은 인간들이 끝까지 쫓아와 귀에 대고 뭐라고 재잘거렸다. 신경 쓰지 않았다.

그가 신경을 쓰지 않자 작은 인간들이 삐진 표정으로 뒤로 물러났다.

"푸화하하!"

물 밖으로 간신히 나온 곤은 자갈 바닥에 대자로 누워 숨을 헐떡거렸다.

공기의 소중함을 절실하게 느꼈다.

볼튼이 다가와 팔짱을 낀 채 숨을 헐떡이고 있는 곤을 보며 한숨을 내쉬었다.

"자네, 놀 때가 아니네. 아이들을 보게. 열심히 훈련하고 있지 않나."

하마터면 욕을 할 뻔한 곤이다.

도대체 어딜 봐서 이 꼴이 놀다 온 것으로 보이는지.

* * *

훈련은 매일 이어졌다.

오전엔 곤이 아이들에게 도수도와 무상심법을 가르쳤고, 오후에는 그가 가르치는 아이들과 함께 볼튼에게 사냥 기술을 배웠다.

하나부터 열까지 쉬운 일이 하나도 없었다.

생전 처음 접해보는 기술이기에 손에 익지도 않았다. 몇 번이나 실수를 하고 몇 번이나 볼튼에게 혼이 나야 했다.

볼튼은 '이봐, 곤, 그렇게 하는 것이 아니라고 몇 번을 말해야 알아듣겠나. 이렇게 해보라고, 이렇게. 정말 답답하이. 저기 보게. 아이들은 한 번만 들으면 다 알아듣지 않은가' 라고 말했다.

참으로 자존심이 상했다.

오후 훈련이 끝났다고 해서 하루 일과가 끝난 것은 아니었다.

지친 몸으로 볼튼과 대련을 해야 했다. 이것은 서로가 원해서 하는 일이었다.

볼튼은 곤의 기술을 배우고 싶어 했고 곤은 볼튼의 근육 다루는 법과 정령 다루는 법을 배우고 싶어 했다.

하나 두 사람은 자존심이 있다 보니 '나에게 그것을 가르쳐 주십시오' 라고 말을 할 수 없었다.

그렇게 대련을 가장해서 서로의 장점을 익혀 나갔다.

대련 중 곤이 가장 놀란 것은 근육의 쓰임새였다. 모든 근육이 다 같은 줄로만 알았는데 각각의 쓰임새가 다르다는 것을 처음 알았다.

특히 정권을 내려칠 때 팔의 힘만으로 되는 것이 아니었다.

그것은 등의 활배근이라는 근육을 필요로 했다. 상대를 당길 때는 삼두근이라는 근육이 필요했다.

곤은 무척이나 놀랐다.

활배근이 강해지면 내려치는 주먹으로 능히 차돌도 깰 수가 있었다.

그러고 보니 모든 오크의 활배근이 무척이나 발달되어 있었다.

일격필살을 목표로 하는 오크답게 그쪽 근육이 비정상적으로 발달해 있는 것이다. 그것을 키우는 방법을 오크들은 자세하게 알고 있었다.

곤은 볼튼을 통해 근육 키우는 방법을 익혀 나갔다. 동시에 근육을 활용하는 기술도 빠르게 늘어났다.

볼튼 역시 곤의 기술을 빠르게 흡수했다. 힘을 내는 데 상체보다 하체의 힘이 강해야 한다는 것도 알았다.

무작정 상체의 근력만 키워서는 정말 강력한 일격을 가할 수가 없었다.

또한 다리 기술과 유연성에 대해서도 다시 한 번 생각할 시간이 주어졌다.

팔의 힘보다 다리의 힘이 최소 세 배가 강하다는 것도 처음 알았다.

곤이 두꺼운 나무를 상단차기 두 방에 쓰러뜨리는 것을 보고 입이 벌어졌다.

곤은 내기에 대해서도 가르쳐 주었다. 아이들의 말을 듣고 알고는 있었지만 실제로 느껴보니 신묘함이 이만저만한 것이 아니었다. 체력이 족히 두 배는 강해졌다고 느낄 정도였다.

볼튼과 곤은 서로가 서로의 장점을 흡수하며 빠르게 강해졌다.

"자, 다시 해보게."

볼튼이 곤에게 작은 손도끼를 건넸다.

손바닥 크기의 작은 도끼다. 직접 들고서 싸울 수 있는 무기는 아니었다.

약 10m 정도 떨어진 곳에는 나무로 만든 표적이 있는데 많은 도끼 자국이 보였다.

오크 전사들은 사냥 시에 각각 세 개의 손도끼를 들고 다닌다고 하였다.

손도끼는 사냥감을 잡기 위해서도 쓰이지만 몬스터를 만났을 때 원거리에서 공격하기 위해서도 쓰였다.

곤은 손도끼를 머리 위로 들어 올렸다. 그리고 표적을 향해서 강하게 휘둘렀다. 날아간 손도끼가 딱 소리와 함께 힘없이 바닥에 떨어졌다.

"하아, 팔목이네, 팔목. 팔목으로 회전을 주란 말일세."

볼튼이 앞으로 나섰다. 그가 손도끼를 표적을 향해 던졌다.

공간을 가르는 쐐액 하는 소리와 함께 손도끼가 정확하게 표적에 박혔다.

곤은 자신이 던진 것과 볼튼이 던진 손도끼의 차이점을 살폈다.

회전력.

그가 던진 손도끼는 강하게 날아가되 표적에 박히지는 않았다.

그래서는 상대에게 작은 타격도 줄 수 없었다.

하나 볼튼의 손도끼는 맹렬하게 회전하여 표적에 정확하게 박혔다.

맞으면 즉사!

곤은 손목을 휘휘 돌리고는 다시 한 번 손도끼를 날렸다.

역시 박히지 않았다.

볼튼은 한숨을 내쉬고는 곤을 뒤로 물러나게 했다.

"자네는 남아서 연습하게. 대신 오늘 대련은 쉬도록 하지.

아직 연습해야 할 아이가 많으니까."

곤도 한숨이 나왔다. 그는 멀찌감치 물러나 바위에 걸터앉았다. 그리고 아이들이 손도끼를 던지는 모습을 유심히 지켜보았다.

빡! 빡! 빡! 빡!

백발백중이었다.

한두 명을 빼고는 거의 모든 아이가 손도끼를 표적에 꽂아 넣었다.

자신은 전혀 감이 오지 않는데 가르침 한 번에 저렇게 쉽게 하는 오크 아이들이 신기했다. 어쩌면 자질의 문제일 수도 있겠다 싶었다.

날이 어두워졌다.

부서진 달이 뜨고 곳곳에서 야생 늑대들의 울음소리가 들려왔다.

날이 어두워지면 오크들은 특별한 일이 없으면 잠자리에 들었다.

해가 떨어지면 잠을 잔다. 왜 결혼한 오크들에게 자식들이 많은지 알 것 같았다.

마을 입구에서는 순번을 정해 불침번을 섰다.

아무리 샤먼 살롱쿠기의 주술이 마을을 감싸고 있다지만 그것을 깨뜨릴 만한 존재는 얼마든지 있었다.

그것을 미연에 방지하기 위해서 오크들은 불침번을 서는 것이다.

무척이나 효율적인 운영 방식이었다.

곤도 보통 이 시간이면 천막으로 돌아가 목각 인형을 깎았다.

하지만 지금은 아니었다. 볼튼이 말한 대로 남아서 연습을 하고 있었다.

볼튼도 남아 옆에서 계속 잔소리를 해댔다. 좀 조용히 하라고 했지만 볼튼은 들은 체도 하지 않았다.

얼굴을 찡그리며 곤은 계속해서 손도끼를 던졌다.

수십 번을 던졌지만 한 번도 성공하지 못했다.

'손목, 손목의 움직임.'

마음처럼 쉽게 되지 않았다. 손목을 회전시키려니 힘이 들어가지 않고 힘을 넣자니 손목에 회전이 들어가지 않았다.

곤은 몇 백 번이나 계속해서 던졌다. 부서진 달이 자리를 지키며 곤을 비췄다.

얼마나 던졌을까.

입에서 단내가 났다.

어깨에는 힘이 들어가지 않고 손가락과 손바닥에도 힘이 없었다.

이제는 손도끼를 들 힘도 남아 있지 않았다.

"이보게, 곤. 이제 그만 돌아가자고. 내일도 할 일이 많잖아."

볼튼이 길게 하품을 하며 말했다.

그는 이곳저곳에 떨어져 있는 손도끼를 챙기며 연습을 마칠 준비를 했다.

"마지막 하나만."

곤은 손도끼를 손가락 끝에 걸고 팔을 들며 허리를 회전시켰다.

그리고 다른 한쪽 팔을 뒤로 보내며 손도끼를 들고 있는 손을 앞으로 쭈욱 밀었다.

지금까지와는 비교도 안 되게 부드러운 동작이었다.

곤의 손가락에서 손도끼가 놓였다.

손도끼가 엄청난 속도로 회전하며 표적을 향해서 날아갔다.

빠각!

놀라운 일이었다.

곤이 던진 손도끼가 표적을 뚫고 뒤편에 있는 나무에 박힌 것이다.

커다란 굉음을 들은 볼튼은 허리를 들어 부서진 과녁을 보았다.

팔뚝만큼이나 두꺼운 나무로 되어 있어 지금까지 한 번도 부서진 적이 없는 과녁이 반으로 쪼개져 있다.

그 힘이 얼마나 강했는지 과녁을 부순 것도 모자라 뒤쪽 나무에 날이 반이나 박혔다.

볼튼의 험상궂게 생긴 얼굴이 경악으로 바뀌었다. 그는 믿지 못하겠다는 표정으로 곤을 바라봤다.

"자, 자네… 도대체 무슨 짓을 한 겐가?"

"그게……."

솔직히 곤도 알 수가 없었다.

그는 방금 전에 느낀 감각을 다시 느껴보려 계속해서 팔목을 휘둘러 보았다.

Chapter 4. 정령과의 계약

녹초가 된 몸을 이끌고 숙소로 돌아온 곤은 동물의 털이 두툼하게 깔려 있는 침상에 몸을 뉘었다.

너무나 피곤해서 손가락 하나 까닥하기 싫었다. 무상심법을 연마할까 하다가 관두기로 했다.

무상심법의 내기는 확실히 탁월했다.

체력을 보충시켜 주기도 하고 근력 증강에도 도움을 주기도 하였다.

하지만 천근만근 피곤한 몸을 회복시키는 데는 숙면이 최고였다.

또한 체력이 떨어진 상태에서 무상심법은 위험하기도 했다. 어깨의 상처에서부터 단전까지 이어진 독 내기가 같이 태동하기 때문이었다.

무상심법의 내기와는 다르게 독 내기는 곤의 육체를 잠식하려고 했다.

곤은 침상에 몸을 뉘었다.

잠을 청했지만 피곤해서 그런지 정신은 잠에 빠져들기를 거부했다.

한참이나 뒤척거린 그는 머리맡에 있는 나무 막대기를 들고 조각을 하기 시작했다.

새롭게 시작하는 조각이다.

오크들이 사용하는 칼은 날이 무디고 녹이 슬 때가 많았다.

그렇기에 날을 날카롭게 하기 위해 반반한 차돌에 칼을 갈아야 했다.

그는 정신을 집중해서 조각을 해나갔다.

사각사각.

바닥에 나무껍질이 떨어졌다.

어느새 수북하게 쌓였다.

그런데 뭔가 이상했다.

분명 혜인의 모습을 조각하고 있었는데 어느 정도 모습이 드러난 목각 인형의 외모는 그녀가 아니었다.

"이건 뭐지?"

혜인과 완전히 다른 모습이다.

얼굴이 동그랗고 눈동자가 상당히 크며 팔과 다리가 길고 몸은 작았다.

그제야 이런 모습을 가진 자가 떠올랐다. 연못 속에서 본 작은 인간의 모습이었다.

왜 그들을 조각했을까?

그것은 본인도 알 수가 없었다. 확실한 것은 무의식중에 작은 인간의 모습을 조각했다는 것이다.

무의식중이라…….

살룽쿠기는 내면에 감춰진 무의식을 끄집어내라고 하셨다. 지금 작은 인간의 모습을 조각했다는 것은 그녀들을 다시 한 번 보고 싶다는 무의식의 방증 같았다.

"좋아, 그럼 확인해 볼까?"

곤은 조각을 하던 나무 인형과 조각칼을 들고 천막 밖으로 나왔다.

그는 길을 걸어 수영을 연습하던 연못으로 향했다. 경계를 서던 오크 전사들이 어디를 가느냐고 물었다.

곤은 조금 더 수련하기 위해 연못으로 간다고 답했다.

오크 전사들은 야생동물이 나올지 모르니 조심하라고 당부했다. 곤은 고맙다고 대답했다.

연못으로 오자 차가운 냉기가 물씬 풍겼다. 어두운 하늘에서는 부서진 달이 밝게 떠 있어 주변을 확인하기는 어렵지 않았다.

정글의 날씨는 요상했다.

낮에는 뜨거운 태양과 습한 날씨 탓에 환장할 정도로 짜증이 나지만 밤이 되면 온도가 급강하했다.

겉에 무엇을 걸치지 않으면 으슬으슬한 느낌이 들 정도였다.

모든 오크가 침상에 털이 있는 가죽을 깔아놓는 이유가 여기에 있었다.

냉기가 풍기기에 물속에 들어가기 싫어졌다. 그래도 들어가야만 했다. 자신이 왜 요정을 조각했는지 그 이유를 알고 싶었다.

크게 심호흡을 하였다. 그리고 연못의 중앙을 향해 팔을 힘껏 뻗었다.

풍덩 소리와 함께 곤의 몸이 쭉 앞으로 뻗어 나갔다. 양팔을 휘두르고 발을 세차게 찼다.

워낙 지쳐서인지 팔과 다리에 힘이 들어가지 않았다.

그런데도 그의 몸은 연못 밑으로 가라앉지 않았다. 오히려 몸이 붕붕 뜨는 것처럼 앞으로 치고 나갔다.

희한했다.

그러고 보니 손도끼를 던졌을 때와 비슷한 느낌이다.

아! 그렇구나. 손도끼도 수영도 기본은 같구나. 전신의 힘을 빼야 한다는 것!

곤은 깨달았다.

간단한 일이지만 그것을 몸으로 습득하는 데는 꽤나 오랜 시간을 잡아먹었다.

곤은 그 감각을 잊지 않기 위해 연못을 몇 번이나 왕복했다.

차차 수영을 하는 속도가 빨라졌다.

한번 감을 익히니 고개를 양옆으로 하며 숨을 내뱉는 것도 어렵지 않았다.

얼마나 연못을 휘젓고 다녔을까.

그의 눈앞에 작은 인간들이 모습을 드러냈다.

작은 인간들은 바다 위의 날치처럼 날개를 펄럭이며 연못 위로 튀어 올랐다.

곤이 수영하는 속도에 맞춰서 작은 인간들도 뛰어오르고 있었다.

작은 인간들은 낮에 봤을 때보다 훨씬 더 아름다웠다.

달빛이 비치자 작은 몸에서 몽롱한 푸른빛이 흘러나왔다.

푸른빛은 유성처럼 긴 꼬리를 만들어냈다. 환상의 세계에 온 것만 같은 착각을 일으켰다.

곤은 몸을 뒤집어 물 위에 떴다.

가슴을 내밀자 그의 몸은 가라앉지 않고 연못 위에 둥둥 떠 있을 수가 있었다.

작은 인간들은 쉴 새 없이 재잘거렸다.

아쉬운 것은 그들이 하는 말을 한마디도 알아듣지 못한다는 것이다.

아니, 아예 작은 인간들의 목소리를 들을 수가 없었다. 서로 간에 계속해서 입을 뻥끗거리는 것으로 보아 말을 하고 있다는 것을 알아차릴 뿐이었다.

곤이 물위에 떠 있자 작은 인간들은 겁도 없이 그의 몸 위로 올라왔다.

다섯 마리 정도가 올라오더니 팔베개를 하고 다리를 꼬며 곤과 비슷한 자세로 하늘에 떠 있는 부서진 달을 바라보았다.

다른 인간들은 곤의 몸에 올라오려고 애쓰고 있다.

미끄러운지 몇 번이나 물속에 빠지고 말았다. 곤이 손을 뻗어 그들의 날개를 잡아주자 날개를 잡힌 작은 인간들이 삿대질을 하면서 뭐라고 하였다.

날개를 놔주었다.

작은 인간들이 날개를 펄럭이며 다시 물속으로 돌아갔다.

그러고는 곤의 몸에 올라타기 위해서 몇 번이나 미끄덩거렸다.

날개를 펄럭거려 쉽게 올라오면 될 것을 왜 저러는지 곤은 이해할 수가 없었다.

"이봐, 너희는 내 말이 들리니?"

곤이 배 위에서 느긋하게 달빛을 바라보거나 잠을 청하고 있는 작은 인간들을 보며 말했다. 몇몇 작은 인간이 고개를 돌려 새까만 눈동자로 곤을 바라봤다.

그의 말이 작은 인간들에게 들리는 것이 확실했다.

작은 인간들이 떼로 창을 하는 것처럼 동시에 입을 벌렸다.

같은 말을 하는 것은 아니었다.

입술 모양이 다른 것으로 보아 서로 다른 말을 하는 게 분명했다. 갑자기 한 작은 인간이 벌떡 일어나 옆에 있는 다른 작은 인간을 발로 차서 물속에 빠뜨렸다.

분위기로 봐서는 '내가 말할 테니 넌 가만있어' 라고 하는 듯했다.

고개를 돌린 작은 인간이 앞장서서 말을 했다. 역시 그녀의 말도 들리지 않았다.

"미안하구나. 난 너희의 말이 들리지 않아. 너희는 누구니? 그나저나 참으로 신기한 세상이야. 내가 살던 곳에서는 상상도 해보지 못했던 종족이 많은 것을 보면."

작은 인간은 성이 난 모양이었다. 그녀는 손가락으로 곤을 가리키며 화난 표정을 지었다.

"왜 화가 났니? 내가 말을 못 알아들어서? 나한테 할 말이 있는 거니?"

곤이 물었다.

작은 인간은 뭐라고 한참을 말한 후 옆구리에 양손을 얹었다. 그 모습이 인형처럼 귀여웠다.

곤은 손가락 하나를 들어서 작은 인간의 볼을 살짝 건들렸다. 그러자 작은 인간의 입이 벌어지며 손가락을 물었다.

"아얏! 아파."

곤은 손가락을 흔들어 작은 인간을 떼어냈다.

그녀는 그래도 화가 풀리지 않는 모양이었다.

그들은 곤의 배를 발로 마구 찼다.

아프지는 않았다. 오히려 그렇게 노는 작은 인간들이 재미있고 신기할 뿐이었다.

"미안하지만 배 위에서 내려와 주겠니. 이만 쉬어야 할 것 같아서 말이야. 피곤하지 않으면 내일 또 올게."

작은 인간들은 곤의 말을 알아들었다.

그들은 손을 앞으로 하고는 멋지게 다이빙을 해서 곤의 배 위에서 뛰어내렸다.

물위에 수십 마리가 넘는 작은 인간이 고개만 빠끔히 내놓고 곤을 바라봤다.

곤은 손을 흔들고는 연못 밖으로 나왔다.

오기를 잘했다.

작은 인간들을 만나면서 정령에 대한 이미지가 어느 정도 머릿속에 각인되었다. 머지않은 시일에 강령술을 배울 수가 있을 것 같았다.

곤은 조각칼과 목각 인형을 들고 천막으로 돌아갔다. 이미지가 잡혔으니 목각 인형을 모두 완성한 후 잠을 청할 생각이다.

작은 인간들이 물 밖으로 나와 날개를 펄럭거려 물기를 털어냈다.

가장 선두에 서 있던 작은 인간이 옆에 서 있는 다른 작은 인간들에게 고개를 돌리며 말했다.

"야, 저 새끼, 우리 불러내 놓고 뭐하는 짓이야. 뭐? 우리 말이 안 들린다고?"

정말 짜증이 난다는 말투였다.

"딱 보니 저거 인간이네. 또라이 같은 새끼."

그들은 물의 정령인 운디네였다.

한동안 자신들을 불러내는 종족이 없어서 심심하던 그들이다.

정령계는 아름답기는 하지만 시간이 멈춘 곳이라 무미건조하고 따분했다.

한데 강력한 감응이 펼쳐지며 누군가가 자신들을 이곳으로 소환했다.

그것도 한두 마리가 아니라 수십 마리를 동시에. 엄청난 정신 감응을 가진 자였다.

강력한 정신 감응을 가진 자와 계약을 맺게 되는 운디네는 그만큼 빨리 상급 정령으로 탈바꿈할 수 있었다.

그들은 자신들을 소환한 자에게 조금이라도 잘 보이기 위해서 눈에 보이는 경쟁을 했다.

그런데 정작 운디네를 소환한 자는 자신들이 누군지도 모르고 말소리도 듣지 못했다.

이런 경우는 처음인 정령들이다. 짜증이 솟구칠 수밖에 없었다.

"저 인간, 돼졌어."

한 운디네가 곤의 뒤를 쫓아갔다. 다른 운디네가 그녀를 불렀다.

"야, 어디 가? 인간과의 정신 감응이 끊겼어! 정령계로 돌아가야 한단 말이야! 안 그럼 왕께서 화내신다고!"

"닥쳐! 우리 정령을 무시해도 분수가 있지! 불러내 놓고 누구냐고? 우리 말이 안 들린다고? 요정 같은 소리 하고 앉아 있네!"

화가 머리끝까지 차오른 운디네 한 마리가 곤이 있는 방향을 위해서 맹렬히 뛰어갔다. 다른 정령들은 그런 운디네를 보며 혀를 찼다.

"저넌, 완전히 돌았구만. 하여간 저렇게 성질이 개판이니 계약자가 안 생기지."

코웃음을 친 운디네들은 다시 연못 속으로 들어갔다. 이윽고 푸른빛이 일렁거리며 그녀들은 자신들이 온 세계로 돌아갔다.

천막으로 돌아온 곤은 늘어지게 하품을 했다.

무척이나 피곤했지만 소득이 없는 것은 아니었다. 우선 수영에 대해서 자신감이 생겼다. 다음으론 정령에 대한 이미지가 잡혔다.

이미지란 감각의 일종이었다.

한번 익히면 다시 떠올리기가 쉽지만 잊어버리면 다시 찾기가 상당히 어려웠다.

피곤하더라도 그 이미지를 각인해 놔야 했다.

곤은 자리에 앉아 목각 인형을 조각해 나갔다. 칼날이 쓱싹쓱싹 소리를 내며 나무껍질을 벗겼다.

짧은 시간에 바닥에 나무껍질이 수북하게 쌓였다. 뭔가 촉이 와서인지 목각 인형은 빠르게 완성되어 갔다.

이미 그의 목각 인형 만드는 솜씨는 부족 안에서 거의 따를 자가 없었다.

목각 인형의 모양새가 완성되어 갈수록 물의 정령 운디네와 거의 흡사했다.

볼튼이 봤더라면 연신 탄성을 내지르며 그것을 달라고 했을 지도 모른다.

목각 인형이 완성되었다.

거의 실물과 흡사했다. 옆에서 봐도, 앞에서 봐도, 뒤에서 봐도 무엇 하나 흠잡을 만한 곳이 없었다. 입체적인 면까지도 확실했다.

하지만 정령과의 교감은 이뤄지지 않았다. 이렇게까지 하였는데도.

"정말 어렵구나."

한숨을 내쉰 곤은 목각 인형을 머리맡에 올려놓았다.

그러고는 그대로 잠이 들었다.

이번에는 금방 잠이 쏟아졌다.

눈을 감은지 얼마 되지 않아 새근새근 작게 코를 곯았다.

그가 잠이 들자 운디네가 천막 안에 나타났다. 그녀는 날개를 펄럭거려 곤의 배 위로 올라갔다.

"야, 인간! 일어나 봐! 할 말이 있으니까 일어나 보라고!"

곤은 죽은 듯이 잠들었다. 본래 말이 들린다고 하더라도 일어나기가 쉽지 않았을 것이다.

운디네는 곤의 귀로 다가갔다. 귓불을 잡아당기고 귓구멍에 입을 댔다.

"야, 이 후레자식아! 정령을 불렀으면 대답을 해야 할 것 아니야! 왜 불러놓고 그냥 가는데? 앙! 우리가 만만하게 보여!"

있는 힘껏 소리를 쳤다.

그럼에도 곤은 일어나지 않았다.

화가 머리끝까지 치밀어 오른 운디네는 팔짱을 끼고 고민에 빠졌다.

이 인간에게 어떡하든 한 방 먹여주고 싶었다. 그래야만 할 것 같은 호승심이 생겨났다.

"음?"

그때 운디네의 눈에 자신과 흡사하게 생긴 목각 인형이 보였다. 흡사한 정도가 아니라 거의 똑같았다.

목각 인형을 본 운디네의 얼굴이 활짝 펴졌다.

"에이, 이 인간, 모른 척하면서 우리를 그리워했구나? 도대체 얼마나 좋은 계약을 끌어내려고 이런 짓까지 하누. 어차피 인간과 정령들의 계약은 다 거기서 거긴데."

운디네는 날개를 펄럭이며 목각 인형 앞으로 다가갔다. 그녀는 목각 인형을 손으로 만져보았다. 매끈매끈한 것이 그녀에게 안성맞춤인 듯했다.

운디네는 눈을 감았다. 그녀의 몸이 희미해지더니 목각 인형 안으로 스며들어 갔다.

운디네가 스며들어 간 목각 인형이 갑자기 조금씩 움직였다. 놀라운 일이었다.

그렇다고 팔과 다리가 움직이는 것은 아니었다.

인형 자체가 앞뒤로 흔들리며 조금씩 앞으로 전진하고 있는 것이다.

"인간, 이제 좀 들리나?"

목각 인형 안에서 운디네의 목소리가 울려 나왔다. 아무리 그녀가 불러도 곤은 여전히 잠에 취해 있었다.

"이봐, 인간! 아, 짜증나!"

딸깍딸깍.

목각 인형이 점점 앞으로 나왔다.

이윽고 목각 인형은 곤이 있는 곳으로 수직 낙하를 시작했다.

빠아악!

목각 인형의 머리와 곤의 머리가 정통으로 충돌했다.

"으아아악!"

자다가 머리통에 엄청난 충격을 받은 곤은 비명을 내질렀다.

마른하늘에 날벼락이란 이런 것을 두고 하는 소리 같았다.

* * *

"사부님, 사부님, 일어나세요."

코일코가 곤을 깨웠다.

몇 번이나 그를 깨웠지만 곤은 좀처럼 일어나지를 못했다.

계속 끙끙 앓기만 했다.

걱정스러운 코일코는 어디 아프냐고 되풀이해서 물었다.

"어, 조금. 금방 일어날게. 잠시만."

아이들이 밖에서 기다리고 있었다.

이제는 정말로 일어나야 할 때였다. 그는 어금니를 악물고 눈을 떴다.

젠장, 눈이 떠지지 않았다. 얼굴이 전체가 욱신거렸다.

그의 얼굴을 본 코일코가 깜짝 놀랐다.

"사, 사부님, 밤새 무슨 일 있었던 거예요? 어, 얼굴이 엄청나게 부었어요."

"그, 그러냐?"

거울이라도 있으면 얼굴을 확인하고 싶었다. 하지만 오크들에게는 거울이 없었다. 멋을 내지 않으니 거울이 애초에 필요하지 않았다.

곤은 크게 한숨을 내쉬었다.

어제 한숨도 자지 못했다는 말이 옳을 것이다. 귀신에 홀린 것 같은 밤이었다.

자다가 목각 인형이 머리통에 떨어져 깜짝 놀라서 깼다. 이마에 커다란 혹이 생겨났다.

거기까지는 좋았다.

자신도 모르게 잠결에 목각 인형을 건드렸을 수도 있으니까.

머리가 무척이나 아팠지만 어쩔 수가 없었다. 목각 인형에게 화풀이를 할 입장은 아니지 않은가. 그는 목각 인형을 조금 떨어진 곳에 놓고 잠을 청했다.

시간이 지나니 아픔도 사라졌다. 그는 곧 잠이 들 수가 있었다.

그런데 해괴망측한 일이 또 벌어졌다. 다시 목각 인형이 날아와 그의 눈두덩이를 제대로 가격한 것이다. 눈알이 빠질 뻔했다.

곤은 자신의 눈을 부여잡고 한참이나 침상을 뒹굴었다.

"이건 또 뭐야!"

너무 아파 화가 치밀어 올라 버럭 소리를 질렀다. 하지만 그의 화를 받아줄 존재는 없었다.

침상 옆에는 눈을 가격한 목각 인형만이 덩그러니 놓여 있을 뿐이다.

"이게 왜?"

이해할 수 없는 일이었다. 분명 손에 닿지 않는 곳에 두지 않았던가.

곤은 목각 인형을 아예 멀찌감치 떨어뜨려 놓았다.

위에서 떨어지는 일은 절대로 없게끔 바닥에 놓았다.

찜찜한 기분이 들었지만 설마 무슨 일이야 벌어질까 생각했다. 하나 설마가 사람을 잡는 법이었다.

"으아아아악!"

곤은 다시 한 번 비명을 지르고 말았다. 어디선가 목각 인형이 날아와 그의 다른 눈두덩이를 정통으로 가격한 것이다.

눈물이 날 정도로 아팠다.

그리고 화가 치밀어 올랐다.

이건 분명 누군가의 장난이었다. 그렇지 않으면 천막 입구 쪽에 놓아둔 목각 인형이 혼자서 움직여 그의 눈을 때릴 수가 없었다.

곤은 얼굴을 부여잡고 천막 밖으로 나왔다. '누구야!' 라며 버럭버럭 소리를 질렀다.

하지만 아무도 대답하지 않았다.

고요한 적막만이 천막 주변을 감싸고 있었다. 그사이 곤의 눈두덩이는 크게 부풀어 올랐다. 내일이면 심하게 멍이 들 것이 확실했다.

도대체 누굴까. 누가 자신에게 이런 해코지를 한다는 말인가.

볼튼일까? 그가 아직도 악감정을 가지고 있을까. 아니면 다른 오크 전사들?

아무리 생각해도 그것은 아니었다.

원한을 가진 행동은 분명했는데 누군지는 짐작이 가지 않았다.

또한 오크들의 특성이 뒤에서 얍삽하게 이런 짓을 하지 않는다는 것이다.

그들은 기분이 나쁘면 정면에서 얘기하고 대련을 신청했다. 그러니 곤의 입장에서는 환장할 노릇이었다.

언제 목각 인형이 날아올지 몰라 곤은 잠을 이루지 못했다.

그러다 새벽이 다 되어서야 간신히 잠을 청할 수 있었다.

천만다행으로 그가 잠을 자는 동안 목각 인형은 다시 날아오지 않았다.

그런 사실을 알지 못하는 코일코로서는 곤이 무척이나 걱정되었다.

"괜찮아."

곤은 손을 흔들어 제자의 마음을 안심시켜 주었다.

"정말 괜찮으시겠어요? 제가 붓기 빠지는 약을 가져다 드릴까요?"

"그런 약도 있니?"

"그럼요. 워낙 오크들이 대련 중에 많이 다치니까 살롱쿠기님께서 아예 타박상에 좋은 약을 많이 만들어서 부족민에게 나눠 주셨어요."

"그럼 조금만 가져다주겠니."

"네, 잠시만 기다리세요."

코일코는 벌떡 일어나 집으로 달려갔다. 곤은 욱신거리는 얼굴을 만져보았다.

양쪽 눈이 떠지지 않을 정도로 퉁퉁 부어 있다. 상당한 멍이 들었음을 보지 않아도 짐작할 수 있었다.

이 상태로 훈련시킬 아이들을 보기가 민망했다. 판다도 아니고 이렇게 나갈 수는 없었다.

최대한 빨리 붓기를 가라앉혀야 했다. 살롱쿠기의 약이라면 믿을 수가 있었다.

본래의 세상으로 돌아간다고 해도 살롱쿠기가 만든 약의 효과는 따라갈 수 없을 것 같았다.

"사부님, 눈을 감고 누워보세요."

어느새 집에 갔다 온 코일코가 천막 안으로 들어왔다. 그의 손에는 나뭇잎에 싸여 있는 약이 들려 있었다.

곤은 침상에 누워 눈을 감았다. 눈두덩이가 화끈거리고 욱신거렸다.

코일코는 묶여 있는 나뭇잎을 열었다. 안에는 짙은 갈색의 끈적거리는 약이 들어 있었다.

적응할 수 없는 냄새였다.

코일코는 한쪽 손으로 코를 막고 다른 손으로 그것을 잡아 곤의 눈에 붙였다.

곤은 하마터면 비명을 지를 뻔했다.

콧속을 뚫고 폐부를 감동시키는 냄새가 예술이었다.

어떤 냄새와도 비교 불가이다.

굳이 비슷한 냄새를 찾자면 썩은 물이 고여 천 년쯤 지난다면 이런 냄새가 나지 않을까 싶다.

냄새에 둔감한 코일코마저 한 손으로 코를 막고 있을 지경이다.

'아뿔싸!'

오크들은 먹는 약을 빼고는 약에 반드시 오크의 변을 집어넣는다.

오크의 변에는 죽은 피부를 잘라내고 새살을 돋게 하는 효능이 있다고 했다.

믿을 수 없었지만 직접 눈으로 확인하니 믿지 않을 수도 없었다.

하지만 약효를 보기 위해서는 무지막지한 냄새를 견뎌야 했다.

그리고 지금 눈에 붙은 이 약의 냄새는 지금껏 맡아본 약의 냄새보다 몇 배는 강한 것 같았다.

"아우, 냄새가 참 독하죠, 사부님? 붓기 가라앉으면 부르세요. 저는 천막 밖에 나가서 애들하고 연습하고 있을게요."

코일코는 매몰차게 밖으로 나가 버렸다. 그를 잡으려고 했지만 입을 열 수가 없었다.

약의 일부가 입술 근처에 내려와 있었다.

입을 벌리면 그것이 입안으로 들어올 확률이 무척이나 높았다.

곤은 얼굴의 고통보다 심한 악취와 싸워야만 했다.

*　　*　　*

정말로 미치겠다.

도대체 어떻게 된 일인지 알 수가 없었다.

나흘째 목각 인형이 그의 얼굴에 떨어져 내리고 있었다. 곤의 얼굴은 매일 아침 만신창이가 되었다. 붓기가 빠질 만하면 다시 부었다.

참다못한 곤은 목각 인형을 마을 멀리 버려 버렸다. 하지만 목각 인형은 다시 나타나 곤의 얼굴을 강타했다.

귀신에 홀린 것 같았다.

다음 날은 목각 인형을 땅속에 파묻었다.

이제는 이 괴이한 인형이 그의 얼굴에 다시 떨어지지 않을 것이라 여겼다.

웬걸, 목각 인형은 어김없이 찾아와 그의 눈두덩이를 정확히 노리고 가격했다.

이제는 무서울 지경이다.

볼튼처럼 상대를 알고 직접 대면한다면 무섭지는 않을 것이다.

하나 보이지 않는 미확인 존재가 자꾸 나타나는 것은 제아무리 곤이라고 해도 두려운 마음이 들게 했다.

다시는 얼굴에 붙이지 않으리라 맹세한 살롱쿠기의 약을 달고 살 수밖에 없었다.

곤은 목각 인형을 헝겊에 꽁꽁 싸맸다. 그리고 그것을 가지고 살롱쿠기를 찾았다.

살롱쿠기는 여느 때와 같이 긴 곰방대에 특이한 약초를 넣고 길게 빨아들이고 있었다. 그는 곤을 보고서 반겨주었다.

"요즘 마을에서 가장 바쁜 자가 자네일 텐데 어쩐 일로 이 시간에 나를 찾아왔는가. 그러고 보니 얼굴이 많이 상했군. 통 잠을 못 잔 얼굴이야. 상처도 많고."

"그것 때문에 찾아뵈었습니다. 아무래도 저의 능력으로는 이 불가사의한 일에 대해서 알 수가 없어서요."

곤은 자리에 앉으며 헝겊을 내려놓았다. 헝겊을 풀자 목각 인형이 드러났다.

그러고는 그동안 자신에게 일어난 일을 살롱쿠기에게 털어놨다.

살롱쿠기는 목각 인형을 자세히 들여다보았다.

"허허허, 이것 참."

"혹시 이 인형에 귀신이 들린 것일까요?"

곤으로서는 그렇게밖에 생각할 수가 없었다. 아무리 머리를 굴려도 다른 이유는 떠오르지 않았다.

"자네……."

"네."

"정령을 아직도 믿지 않나?"

"그럴 리가요. 이제는 믿습니다. 볼튼이 노움이라는 정령을 소환하는 것도 봤고요."

"내가 보기엔 아닌데?"

"아닙니다. 정말입니다."

"아니야. 아직도 자네는 반신반의하고 있네. 하긴, 어릴 적부터 자라온 자네만의 가치관이 있을 테니 성인이 된 지금 갑자기 바뀌는 것도 무리가 있지."

"무슨 말씀이신지……."

곤은 고개를 갸웃거렸다.

"자네는 분명 정령과의 교감을 강하게 원하고 있네. 하지만 자네의 감춰진 무의식 속에는 설마 그런 것이 정말로 있을까 하는 마음을 품고 있는 것일세."

"그런 것일까요?"

무의식까지 그가 알 수는 없는 노릇이었다. 그렇기에 아니라고 말할 수도 없었다.

"결론부터 말하자면 자네는 정령을 소환하는 데 성공했네."

"제가요?"

"그렇다네. 문제는 소환된 정령과 자네의 소통이 전혀 이뤄지지 않는다는 것일세."

"이상하군요. 저는 정령을 본 적이 없습니다. 볼튼이 노움이라는 정령을 불러냈을 때도 볼 수 없었고요."

"정령을 소환하게 된 것은 그 이후일 걸세. 어느 시점, 어느 시간에 맞춰 자네의 강렬한 바람이 정령들을 중간계로 불러들였을 거라고 보네."

그의 말을 듣자 퍼뜩 머릿속에서 깨어나는 것이 있었다. 죽을 때 죽더라도 정령이란 존재를 한 번 보고 싶었다. 그것은 연못에 빠져서 죽을 뻔했을 때다.

"혹시 정령이라는 것은 조그만 인간처럼 생겼습니까?"

"그렇게 생긴 정령도 있고 그렇지 않은 정령도 있다네. 뭔가 짚이는 데가 있나 보구만."

"네, 사실은……."

곤은 요정을 처음 만났을 당시를 설명했다. 그의 말을 듣고 난 살롱쿠기는 할아버지와 같은 인자한 미소를 지었다.

"이 아이가 무척이나 화가 나 있네."

그가 목각 인형을 가리키며 말했다.

"그건 또 무슨 말씀이신지……."

"이 아이는 자네를 알고 있네. 자네가 무슨 말을 하는지, 무슨 행동을 하는지 말일세. 하지만 자네는 들으려고 하지 않아. 그렇기 때문에 화가 난 이 아이가 매일 밤 자네에게 따지는 것일세. 나의 말을 들으라고, 나를 보라고 말이네."

"그럼 이 목각 인형 안에 정령이 있다는 말이십니까?"

살롱쿠기는 대답 대신 고개를 끄덕였다.

"자, 그럼 내가 물꼬를 터주겠네. 이 감각을 잘 익히도록 하게. 그래야만 다신 이 꼬마 숙녀를 화나게 하지 않지."

그는 나뭇잎에 붉은 물감으로 주술을 적었다.

"자, 받게."

그는 주술이 적힌 나뭇잎을 곤에게 내밀었다.

곤이 나뭇잎을 들고 서 있자 살롱쿠기는 주문을 외운 후 나뭇잎에 불을 붙였다.

나뭇잎이 눈 깜짝할 사이에 타서 없어졌다. 흩날린 나뭇잎의 강한 향이 곤의 콧속에서 맴돌았다.

하지만 별반 다른 것은 느껴지지 않았다. 보통 나뭇잎을 태웠을 때와 전혀 다른 것이 없었다.

"됐습니까?"

"됐네. 목각 인형 안에 있는 아이에게 말을 시켜보게."

곤은 목각 인형을 보았다.

아까와는 뭔가가 달랐다.

여리고 푸른 빛이 목각 인형을 휘감고 있었다. 안에 무엇인가 있다는 것을 눈치챘다.

곤은 목각 인형을 손가락으로 톡톡 건드렸다.

"네가 정령이니?"

목각 인형이 잠시 부르르 떨었다. 곧이어 푸른빛이 목각 인형 바깥으로 빠져나왔다. 푸른빛은 얼마 전에 본 요정으로 변해갔다.

"어라, 너네?"

곤은 반가운 표정을 지었다.

"운디네라는 물의 정령이네."

살롱쿠기가 옆에서 거들었다.

하지만 운디네는 전혀 반가운 표정이 아니었다.

볼이 주먹만큼이나 부풀어 올라 금방이라도 터질 것 같았다.

운디네가 곤에게 다가왔다. 그러고는 발끝으로 곤의 엄지발가락을 있는 힘껏 찼다.

"야이, 둥신아, 이제 들리냐! 앙!"

이것아 곤과 물의 정령 평평의 첫 만남이었다.

* * *

하코라는 어린 오크가 눈물을 글썽이며 연못 밖으로 나와 볼튼에게 다가갔다.

볼튼은 연못 밖에서 내기를 다스리고 있었기에 소년이 다가오는 것을 보지 못했다.

하코는 갑자기 큰 소리를 내어 울기 시작했다. 무척이나 서럽게 울었다.

내기를 운용하던 볼튼이 깜짝 놀라 하코를 바라봤다.

하마터면 내기가 뒤틀려 역류할 뻔했다.

곤이 말하길 '무상심법을 언제 어디서건 시간이 날 때마다 익히게. 내기가 커지면 커질수록 자네가 추구하는 강함에 조금 더 일찍 도착할 수 있을 것일세. 하지만 운공하는 도중에 놀라지는 말게나. 잘못하면 내기가 역류할 수 있거든. 내기가 역류한다는 것은 혈이 얽힌다는 뜻이야. 무척 위험하니 조심하게' 라고 했다.

평상시에는 별다른 증상을 느끼지 못했지만 지금은 놀라는 바람에 혈이 얽힌 뻔했다.

하코라는 아이 때문에 오히려 놀란 것은 볼튼이 되고 말았다.

"왜?!"

자신도 모르게 언성이 높아졌다.

아이가 놀라서 더욱 소리를 높여서 울었다.

다른 오크 전사들이 다가와 '왜 애를 울리십니까?' 라며 핀잔을 줬다.

자신이 잘못했다는 것을 깨달은 볼튼은 심호흡을 하고는 하코에게 다시 물었다.

"무슨 일 때문에 우느냐?"

하코는 손등으로 흘린 눈물과 콧물을 닦았다. 그리고 그 손으로 연못을 가리켰다.

"누가 너를 괴롭히더냐?"

"아니요."

하코가 고개를 흔들었다.

"그럼 왜?"

"말도 안 돼요."

"뭐가?"

"제가 애들 중에 젤 수영을 잘하죠? 코일코보다, 노가스보다, 쿠기쿠기보다요."

"그래, 수영만큼은 네가 가장 잘하지. 그건 내가 보장하마. 그런데 그게 왜?"

"며칠 전까지 수영을 못하던 자가 갑자기 잘할 수도 있는 건가요?"

"그런 경우는 거의 없다. 사냥의 기술이란 숙련이 돼야 한다. 너희가 배우는 도수도와 같이 하루도 빼먹지 않고 훈련해야만 숙련자가 될 수 있다. 그것을 모두 능숙하게 사용할 수 있게 되면 전사라는 칭호가 붙는 거다."

"그런데 그런 자가 있어요. 며칠 전까지만 하더라도 물에 뜨지도 못했는데 지금은 아이들보다 훨씬 잘한다고요. 이건 말이 안 돼요."

하크는 무척이나 기분이 상한 모양이었다.

이제껏 수영만큼은 누구보다 자신 있다고 여기던 소년이다.

소년의 말대로 그의 실력은 상당했다. 성인식을 치른 후에는 부족 내에서 가장 빠른 수영 솜씨를 자랑하지 않을까 싶다.

그 정도의 솜씨를 자랑하던 하크가 좌절을 맛보고 있었다.

볼튼과 오크 전사들은 고개를 갸웃거렸다. 과연 그럴 만한 실력을 가진 자가 아이들 중에 있을까.

그들은 하크가 가리킨 방향을 바라봤다.

그곳에는 어린 오크들과 비교도 할 수 없을 정도로 빠르게 연못을 왕복하고 있는 한 남자가 있었다.

곤이었다.

마치 물 위를 나는 새 같았다.

얼마나 빨리 왕복하는지 어린 오크들이 양옆으로 나눠져 그것을 지켜보고 있을 정도였다.

"저, 저게 뭐야?"

볼튼과 오크 전사들의 입이 떡 벌어졌다.

있을 수가 없는 일이었다.

하크의 말처럼 곤은 물속에만 들어가면 빠지기 십상이었다.

계속해서 허우적거려 오크 전사들이 혀를 차며 꺼내온 적이 몇 번이나 있다.

그런 그가 하루아침에 달라졌다.

며칠간 다른 사냥 연습을 하느라 수영을 하지 않았으니 그동안 남모르게 연습이라도 한 것일까. 그래도 말이 되지 않았다. 며칠 사이에 저렇게 능숙하게 수영을 할 수는 없었다.

마을에 있는 어떤 오크도 저렇게 빨리 헤엄을 칠 수 없었다.
반면 곤은 죽을 맛이었다. 어찌나 귓가에서 펑펑이 쫑알대는지 시끄러워서 미칠 지경이었다.
"야이, 등신 주인아, 나는 물의 정령이야! 나의 능력을 줬으면 이것보다 더 빨라야지 겨우 이것밖에 못해!"
펑펑은 겉만 귀엽게 생겼다.
입에는 걸레를 물었고 성격은 개판이었다. 살다 살다 이렇게 성질 더러운 놈은, 아니, 년은 처음 봤다.
펑펑과 계약을 한 첫날만 기뻤다.
계약은 어렵지 않았다. 서로의 정신을 감응시키고 펑펑이 계약 조건을 말했다. 곤이 펑펑의 계약 조건에 응하는 것으로 계약은 이뤄졌다.
펑펑이 말한 계약 조건은 단순했다.
첫째, 서로가 서로를 원하지 않을 때까지 계약은 종신된다.
둘째, 계약자가 원하면 종속자는 언제든지 소환되어야 한다.
셋째, 계약자는 종속자의 탈피를 위해서 무한정으로 마나, 혹은 생기를 제공해야 한다.
계약의 내용은 이것이 다였다. 악어와 악어새 같은 관계였다.
실버 소울이 상위 단계인 기간틱 소울이 되기 위해서는 중간계에 존재하는 생기, 혹은 마나가 절대적으로 필요했다.
그렇기에 정령에게는 어떤 계약자와 계약을 맺느냐가 중요했다.

소멸이 되는 순간까지 실버 소울로 남아 있는 정령이 대부분이었다. 그렇기에 정신 감응이 높은 종족을 정령들은 찾아 나섰다.

문제는 평평이라는 정령이 정령계로 돌아가지 않고 곤의 몸에 둥지를 튼 것이다. 그녀가 둥지를 튼 곳은 다름 아닌 곤의 단전이었다. 내기가 풍부하니 평상시에는 그곳에서 생활했다.

황당했다.

자신의 몸속에 다른 고등 생명체가 있다는 것이 곤으로서는 엄청 이상한 느낌이었다.

먹성이 좋아서인지 평평은 무한정으로 내기를 빨아들였다. 그 양이 적기는 하지만 잠을 자고 일어나면 단전이 반 이상 비었을 때가 한두 번이 아니었다.

그것을 채우기 위해 아침부터 무상심법을 운용해야만 했다.

"이봐, 주인. 이곳에 엄청나게 독한 내기가 있는데?"

어느 날 평평이 심각하게 물었다.

"그래, 나도 모르는 내기가 그곳에 자리 잡고 있어."

"이 힘, 무서워."

그토록 오만방자하던 평평의 목소리가 부들부들 떨려왔다. 아니, 그녀는 비에 맞은 새처럼 두려움에 떨고 있었다.

"미안. 나도 독 내기는 없앨 수가 없어. 방법을 모르거든."

"머저리, 주인 힘으로 이걸 어떻게 없애?"

"음."

곤은 턱을 긁적거렸다. 조금은 무안했다.

"이 힘, 잘 다스려야 할 거야. 안 그러면 주인 당신 괴물이 될 수도 있어."

평평이 경고했다.

곤은 알겠다고 말하고는 그녀의 경고를 의식 깊숙이 묻어버렸다.

곤과 평평은 티격태격 자주 싸우기는 하지만 그렇다고 사이가 나쁜 것은 아니었다. 둘은 서로의 능력을 존중하며 최선을 다해서 도왔다.

덕분에 곤은 물에 대한 적응력이 놀라울 정도로 좋아졌다.

물속에 들어가면 지상에서 발을 디디고 있는 것처럼 편안함을 느꼈다.

그렇지 않아도 수영에 대해서 막 눈을 뜬 곤이다. 그의 실력은 놀라울 정도로 향상되었다.

그것뿐만이 아니었다.

내기의 형태가 조금씩 바뀌기 시작했다.

무미건조한 공기와 같던 그의 내기가 조금씩 물의 기운을 가지기 시작했다.

물의 힘 덕분에 내기가 더욱 빠르게 회전했다.

잔잔하던 그의 내기는 격류를 탄 것처럼 전신을 휘감았다.

한 번은 이런 적도 있다.

무심결에 내기를 운용한 채 벽에 손을 댔는데 그 벽에 얼음이 맺혔다.

곤은 깜짝 놀라 손바닥을 벽에서 뗐다. 살얼음은 습한 날씨로 인해 빠르게 녹아버렸다.

너무나 신기해서 다시 한 번 해보려고 했지만 뜻대로 되지 않았다.

펑펑으로 인해 아주 조금씩 내기가 밖으로 분출되고 있는 것이었다.

능력이 생긴 것은 좋은 일이었다.

하나 잠에서 깬 펑펑은 곤의 어깨에 앉아 하루 종일 잔소리를 해댔다.

나는 이 정도로 잘하는데 너는 왜 이 정도 능력밖에 안 되냐, 나 같으면 코 한 번 후빌 동안 충분히 할 수 있다, 주인으로서 가치가 없다 등등.

참으로 속을 뒤집어놓는 정령이었다.

"좀 시끄럽다, 펑펑. 하루에 세 마디만 하면 안 되겠니?"

"지랄 마. 너 같은 하급 주인을 내가 인도해 줘야지 누가 해? 힘만 센 멍청이 같으니라고."

하급 주인은 또 뭐야?

말을 말자, 말을 마.

고개를 절레절레 흔든 곤은 물 밖으로 나왔다. 밖에는 볼튼과 오크 전사들이 동그랗게 눈을 뜨고 입을 벌린 채 서 있었다.

"왜들 그러고 있나?"

곤이 물었다.

“아, 아니, 며칠 동안 무슨 일이 있었던 겐가? 무슨 수를 썼기에 수영 솜씨가 그토록 좋아져?”

“음, 나도 정령하고 계약했거든.”

“허허허, 정말인가? 정말 축하하네.”

볼튼의 얼굴이 밝아지며 곤에게 축하 인사를 건넸다. 다른 오크 전사들도 마찬가지였다.

“보아하니 물의 정령과 계약한 것 같군.”

“맞아.”

고개를 끄덕인 곤이 펑펑을 불렀다. 펑펑이 귀찮다는 듯이 어깨 위로 올라왔다.

“인사하게. 물의 정령 펑펑이라고 하네.”

“반갑다. 나는 볼튼이라고 한다.”

볼튼은 펑펑을 보며 빙그레 미소를 지었다.

꽤나 귀엽게 생겼기에 성격도 좋을 것이라 여겼다. 정령들의 성정은 계약자를 많이 따라간다. 곤과 닮았다면 무척이나 말이 없고 점잖을 것이다.

하나 겉과 속이 다른 것은 인간뿐만이 아니라는 것을 곧바로 느꼈다.

“뭘 봐, 등신아! 나 볼 시간 있으면 마나나 더 쌓아! 저 봐, 저 봐. 노옴이 배고파 죽겠다고 하잖아!”

헐!

“자꾸 뭘 꼬나 봐? 지금 내 가슴 봤지? 그거 성추행이야, 알아? 성추행이란 말 아느냐고, 이 덩치만 큰 고릴라야!"

이렇게 싸가지 없는 정령은 처음 본다.

태어나서 처음으로 정령을 죽이고 싶다는 생각을 한 볼튼이었다.

Chapter 5. 사냥의 계절

그루젤리는 고민에 싸였다.

며칠 뒤에는 용자들과 오크 전사들이 사냥을 하게 된다.

부족을 지킬 두 명의 용자와 최소한의 오크 전사만 마을에 남는다.

남을 자들과 사냥을 나갈 전사들은 이미 정해졌다.

문제는 곤이었다.

그는 사냥에 동참하길 강하게 원했다.

"저는 인간을 이번 사냥에 데려갔으면 합니다만……."

대지의 전사 케르만이 말했다.

"아직 미숙하오."

그루젤리는 고개를 저었다.

"그에게는 실전이 필요하다고 봅니다. 그 강인한 투지, 아이들을 가르칠 수 있는 박식함, 최상급의 전투력. 현재의 그는 어느 전사들보다 뛰어나다고 볼 수 있습니다. 그에게 필요한 것은 실전이지 훈련이 아니라고 봅니다."

"으음."

맞는 말이다.

중급 전사 중 최강이라 할 수 있는 볼튼과 막상막하의 실력을 가진 인간이다.

그런 인간을 실력이 부족하다 하여 사냥에 참가할 수 없게 하기에는 모양새가 좋지 않았다.

그렇다고 전사 시험에 떨어진 그를 아무렇지도 않게 사냥에 데리고 갈 수는 없었다.

"전례를 남기는 것이 마음에 걸리십니까?"

그것이다.

이런 식으로 전례가 남는다면 다른 오크들이 불만을 가질 수가 있었다.

"이렇게 하시지요."

"어떻게 말이오?"

"인간이란 단서를 다는 겁니다. 인간이기 때문에 굳이 오크의 법을 따를 필요가 없다고요."

잠시 생각하던 그루젤리는 고개를 끄덕였다.

곤은 인간이다.

그리고 정화자라고 오크들은 믿고 있었다.

따지고 보면 곤은 자신들이 정한 법에 따를 필요가 전혀 없었다.

"그렇구려. 현명한 대지의 용자에게 감사드리오. 곤을 이번 사냥에 참가시키도록 하겠소이다."

"아닙니다. 족장의 심기를 덜어드렸다는 것에 만족합니다."

일은 일사천리로 진행되었다.

전사 시험에 떨어져 의기소침해 있던 곤에게 코일코가 달려가 이 사실을 알렸고, 그들은 서로를 부둥켜안았다.

*　　*　　*

사냥을 떠나기 전 마지막 날 밤.

"어이, 주인. 일어나 봐."

펑펑이 잠을 자려고 누운 곤의 뺨을 잡아당겼다. 막 잠이 들려던 곤은 귀찮아 고개를 흔들어 펑펑을 떨어뜨렸다.

"어절씨구리. 이 못된 주인 보소."

펑펑은 크게 숨을 들이켰다. 그녀의 가녀린 몸매가 돼지 창자에 바람을 불어넣은 것처럼 크게 부풀었다.

후우우웁!

그 바람을 곤의 콧구멍에 불어넣었다.

"으악! 이게 도대체 뭐 하는 짓이야?"

펑펑의 괴롭힘을 참지 못한 곤이 벌떡 일어나 소리쳤다.

"지금 그렇게 자빠져 있을 때가 아니야. 나 봐."

평평은 양손을 허리에 올려놓고 매섭게 노려봤다.

"너 뭐?"

"내 모습에서 이상한 것 못 느껴?"

곤은 평평을 자세하게 바라봤다. 요정으로서 지닌 신비로움과 매혹적인 몸매, 투명한 피부, 커다란 두 눈동자, 두 쌍의 날개.

바뀐 것은 없어 보였다.

아니, 있구나.

먼저 황금색으로 빛나던 평평의 머리카락 색이 여름의 나뭇잎과 같은 초록으로 변해 있었다.

황금색도 잘 어울리지만 초록색도 아름다웠다.

"머리카락 색이 왜 그래?"

곤은 대수롭지 않게 물었다.

"왜 그래? 아, 왜 그래?"

평평의 억양이 이상했다. 뭔가 단단히 심사가 꼬인 듯한 말투다.

그녀는 다시 손을 뻗어 곤의 귀를 잡아당겼다.

이거 주인에게 종속된 요정이 맞긴 맞는 건가. 도대체 누가 주인인지 모르겠다.

"보면 몰라? 오염됐잖아!"

평평이 곤을 향해서 빽 소리를 질렀다. 평상시와는 조금은 다른 행동이다.

"오염?"

"그래, 오염. 난 운디네라고. 물의 정령 운디네. 그런데 이게 뭐야?"

평평이 날개를 퍼덕거렸다. 그녀의 날개에서 녹색 가루가 바닥으로 떨어졌다.

"보여?"

"응."

"이게 뭔지 알아?"

"내가 어떻게 알아?"

"이 답답한 주인. 이리 나와 봐."

평평은 작은 손으로 곤의 귓불을 잡고 천막 밖으로 나왔다.

"잘 봐."

그녀는 다시 한 번 날개를 털었다. 아름다운 빛을 내는 녹색 가루가 떨어진다.

그때 놀라운 일이 벌어졌다.

제법 자라 있던 풀이 순식간에 죽어가는 것이 아닌가.

"보여?"

"응."

"뭐 같아?"

"제초제."

"이런 미친."

자신이 곤과 같은 크기였다면 상단차기로 면상부터 날렸을 것이라고 생각하는 평평이었다.

"난 운디네리고. 물의 요정 운디네. 그런데 지금은 그년들,

독의 요정들보다 독성이 더 강하다고. 이게 말이 돼?"

"음, 좀 이상하긴 하네."

곤은 손가락으로 뺨을 긁적거렸다.

"아이고, 이 답답아."

평평은 양팔로 자신의 몸을 잡고 부들부들 떨었다. 그녀의 이빨이 딱딱 소리를 내며 부딪쳤다.

"쌍, 이럴 줄 알았으면 당신과 계약을 맺는 것이 아니었는데."

"도대체 무슨 말이야?"

"나, 알았어."

"뭘?"

"당신 독 내기의 정체."

"내 독 내기의 정체?"

"그래. 주인 당신은 지금 상상도 못할 것을 품에 안고 있다고. 잘못하면 모두 죽는다고."

"내가 누굴 죽여?"

"말해주지. 주인 당신은……."

* * *

오크 전사들이 사냥을 떠나기 전날이었다.

부서진 달은 만월이 되어 그들의 머리 위를 비추고 있었다.

부족민들이 단 한 명도 빠지지 않고 마을 광장에 모였다. 보채는 아이들이 있기는 하지만 대부분이 경건한 분위기다.

"자, 모두 잔을 들라!"

족장 그루젤리가 오크들 앞으로 나와 나무를 깎아서 만든 잔을 들었다.

나무 잔 안에는 오크들이 주식으로 먹는 포티노라는 뿌리열매로 만든 술이 들어 있다.

조선인들이 자주 먹는 감자와 비슷한 포티노를 발효시키면 시큼한 맛이 나는 술이 되었다.

오크들은 경조사가 있을 때면 이 술을 꺼내서 마셨다. 바로 지금과 같이.

그루젤리가 잔을 들자 마을의 모든 오크가 그를 따라 잔을 들었다.

여성과 아이들도 같이 잔을 들었다.

"다시금 우리에게 사냥의 계절이 돌아왔다. 생명의 신 단가께서 내려주진 최고의 달이기도 하다."

그루젤리의 연설이 시작되었다. 조금 지루한 면도 없지 않아 있었지만 오크들의 역사를 알 수 있어서 나름 만족할 만했다.

연설이 끝나자 전사들이 창을 들고 함성을 내질렀다.

축제의 시작이었다.

이날만큼은 비축해 두었던 모든 양식을 풀겠다는 듯 오크들은 마시고 즐겼다. 서로 눈이 맞는 오크들은 짝짓기를 하기도 했다.

곤으로서는 얼굴이 화끈거릴 만큼 낯 뜨거운 일이었지만 이들에게는 그러지 않은 모양이었다.

이들에게 번식은 생존과 직결되었다. 최대한 많은 자손을 만들지 않았으면 오크들은 이토록 오랜 시간 동안 살아남지 못했을 것이다.

곤은 신맛이 나는 술을 홀짝거렸다. 신맛이 강해서 오크들처럼 한 번에 마실 수는 없었다.

광장 중앙에는 문신을 한 오크들이 창을 들고 신나게 춤을 추고 있었다. 몇몇 오크는 손바닥을 치며 그들의 춤사위에 박자를 맞춰주었다.

"인간이 처음으로 사냥의 계절에 참석하는데 기분이 어때요?"

걸쭉한 여인의 목소리가 들려왔다.

들창코, 눈빛만으로도 맹수를 제압할 수 있는 기이한 기운, 두꺼운 이중 턱, 조선의 여성보다 몇 배나 두꺼운 이두박근, 금방이라도 터질 것 같은 허벅지 근육.

오크들이 말하길 부족 최고의 미녀전사.

코일코의 누나인 코이였다.

코이를 본 순간 곤은 흠칫했다. 이쪽 세계에 어느 정도 적응이 됐다고 하지만 그녀의 강렬한 눈빛은 감당할 수가 없었다.

장담하지만 이 여자는 남녀노소를 합쳐 오크족 내에서 열 손가락 안에 드는 실력자였다.

그런 코이를 젊은 오크들이 사모했다.

쑥스러워하며 젊은 오크가 꽃을 든 채 코이를 기다리고 있는 것도 몇 번 보았다.

코이는 주먹으로 면상을 날리며 그 오크에게 말했다.

"남자 새끼가 줏대가 없어! 나를 가지고 싶으면 당당하게 나서란 말이야!"

도대체 저런 여성 오크에게 무슨 수로 당당하게 나선단 말인가.

곤은 그렇게 생각하지만 젊은 오크들은 그렇지 않은 모양이었다. 그들은 틈만 나면 반짝이는 눈빛으로 코이를 바라보고 있었으니까.

그런 무시무시한 코이가 갑자기 곤의 앞에 나타난 것이다.

'도대체 왜?'

때아닌 긴장감이 엄습했다.

그는 긴장을 풀지 않고 코이의 살벌한 눈빛을 살폈다.

"준비는 다 됐어요?"

코이가 살벌하게 물었다. 눈빛뿐만 아니라 기세로도 곤을 잡아먹으려는 것처럼 보였다.

"어머나, 코이 좀 봐. 저렇게 쑥스러워하는 모습은 처음이야."

코이의 친구인 구루구루가 다른 친구의 어깨를 툭툭 치며 말했다.

"정말이네. 인간은 못생겨서 관심도 없다고 하더니. 하긴 저번에 볼튼과의 사투는 너무도 멋있었지. 제아무리 오크족 최고 미녀인 코이라고 하더라도 마음이 흔들렸을 거야."

"응, 나도 그렇게 생각해. 그나저나 쟤 진짜 너무 웃긴다. 내숭을 저렇게 떠니?"

"그러게 말이야."

그녀들은 창피해서 쥐구멍에라도 숨고 싶어하는 코이를 보며 혀를 찼다.

하지만 그렇게 느끼지 못하는 사람도 분명 있었다. 곤이 그러했다.

그는 코이가 왜 인상을 쓰고 있는지 알지 못했다. 손에 도끼만 들었다면 금방이라도 출수를 할 것만 같았다.

오크들의 살벌한 인상은 10년이 지나도 적응이 되지 않을 것이다.

"준비랄 것이 있나요. 처음 왔을 때부터 가진 것은 하나도 없었는데요."

"음, 자신감이 대단하네요."

코이가 최대한 부드럽게 미소를 지었다.

곤은 그녀가 자신에게 선빵을 날리는 줄 알았다.

아주 짧은 순간이지만 같이 주먹을 날려야 하나 심각하게 고민했다.

"그런데 무슨 일이신지……."

곤이 조심스럽게 물었다.

그녀와 곤은 왕래가 거의 없다고 볼 수 있었다. 곤과 코일코가 친하기는 하지만 그렇다고 누나인 코이와도 친한 것은 아니었다.

길을 가다 마주친다면 눈인사만 하는 정도였다.

이렇게 먼저 다가와서 말을 시킬 정도로 친한 것은 아니란 말이다.

"그게……."

갑자기 코이가 고개를 푹 숙였다. 그런 그녀의 모습에 심한 위기감을 느끼는 곤이다.

마치 폭풍전야와 같은 느낌이랄까.

솔직하게 말하자면 당장 이 자리를 벗어나고 싶은 것이 곤의 심정이었다.

곤은 그녀를 재촉하지 않았다.

심호흡을 하며 만약 있을지도 모를 사태에 대비했다.

코이가 고개를 들었다. 그녀의 눈동자에서 강한 의지가 느껴졌다. 곤은 그녀의 눈동자에서 강한 살기를 느꼈다.

"꿀꺽."

마른침이 넘어갔다.

힘이 있다면 당장 그녀의 입을 손으로 막아 아무 말도 하지 말라고 하고 싶었다.

"저랑……."

저랑?

"짝짓기 하실래요?"

이런 미친.

예상보다 훨씬 큰 충격을 주는 그녀의 말이었다.

*　　*　　*

사냥 개시 7일째.

아직까지 사냥은 순조로웠다.

크게 다친 오크도 없었다.

50명의 사냥 파티는 모두 세 개 조로 나뉘었다.

첫 번째는 정화의 용자 헝가스가 이끄는 스무 명의 오크였다. 곤이 속한 파티이다.

두 번째는 벼락의 용자 퉁고가 이끄는 스무 명의 오크였다.

두 파티의 차이는 없었다. 다만 있다면 피로도 정도.

즉 한 파티가 사냥에 나서게 되면 다른 파티는 휴식을 취했다. 물론 다른 파티가 위험에 처하게 되면 서로 도움을 준다.

서로 간에 상호 보완적 파티인 셈이다.

첫 번째 파티의 피로도가 높아지면 역할을 바꾸게 된다. 워낙 위험한 사냥이 많기에 그런 식으로 파티가 유지되는 것이다.

마지막 파티는 볼튼이 이끄는 열 명의 오크였다. 그들은 사냥보다는 주로 지원을 했다.

보급품과 식량, 구급약품을 가지고 상처 입은 오크들을 돕는 것이다.

혹여 결원이 발생하면 그들이 대신 투입되기도 했다. 그리고 상당한 양의 사냥감이 쌓이면 그들이 그것을 마을까지 운반했다.

가장 궂은일을 도맡아서 하는 파티라고 할 수 있었다.

크르르르르르!

5m 크기의 미노타우로스 한 마리가 맹렬한 속도로 오크들을 향해서 뛰어오고 있다.

살벌한 긴 뿔과 살기가 가득한 두 눈빛은 언뜻 보는 것만으로도 오금이 저릴 정도이다.

하지만 오크들은 미노타우로스가 가깝게 다가왔음에도 별다른 반응을 보이지 않았다.

미노타우로스가 점점 다가오고 있다. 오크들과의 거리는 대략 수십 미터.

놈의 육중한 크기라면 단 몇 걸음에 닿을 수 있는 거리였다.

오크들은 이런 상황에 익숙한 듯 두려워하는 기색 없이 미노타우로스를 바라보고 있었다.

"좋아, 지금이다!"

정화의 용자 헝가스가 오크들에게 외쳤다. 동시에 오크들이 사방으로 몸을 날렸다.

한꺼번에 몸을 숨겼기에 미노타우로스는 잠시 당황할 수밖에 없을 것이다.

"당겨!"

헝가스가 다시 외쳤다.

여덟 명의 오크가 바닥에 깔아놓은 밧줄을 당겼다. 밧줄이

팽팽하게 양쪽으로 당겨졌다.

쿠와아아아!

미노타우로스의 가공할 피어가 사방으로 퍼졌다.

"늦었다, 이 소 대가리야!"

헝가스가 주먹을 와락 쥐었다.

아니나 다를까, 밧줄에 발목이 걸린 미노타우로스가 균형을 잃고 휘청거렸다.

"으윽."

여덟 명이나 되는 오크였지만 미노타우로스의 힘을 당하지 못하고 안쪽으로 당겨졌다.

여기서 누군가 한 명이 손을 놓는다면 미노타우로스를 놓치고 말 것이다.

아니, 그뿐만이 아니라 다른 전사들까지 큰 위험에 빠질 수가 있었다.

"조금만 더 잡고 있어!"

헝가스가 소리쳤다.

그는 2m가 넘을 듯한 엄청난 크기의 도끼를 휘두르며 균형을 잃고 쓰러지는 미노타우로스를 향해서 달려들었다.

이 거대 몬스터는 그걸 보면서도 아무 짓도 하지 못했다.

푸식!

헝가스의 도끼가 미노타우로스의 목줄을 긋고 지나갔다. 괴물의 목줄이 잘리며 상당한 양의 피가 튀었다.

하지만 이놈은 대형 몬스터.

그 정도 공격으로는 한 번에 죽지 않았다.

목을 부여잡은 미노타우로스가 피어를 지르며 팔과 다리를 심하게 움직였다. 자신의 피를 보고는 더욱 흥분한 모양이다.

"으으으윽!"

"이 자식, 족히 20년 이상 된 놈이다. 보통 힘이 아니야."

밧줄을 잡고 있던 오크들이 어금니를 악물었다.

손바닥이 찢어지며 피가 튀었다. 악착같이 버티고는 있지만 놈에게 끌려가는 것은 시간문제였다. 그렇다고 손을 놓을 수도 없었다.

총체적 난국!

미끼 역할을 한 여덟 명의 오크가 몸을 바짝 엎드리고 숨어 있다. 더 날뛰면 그들이 개죽음을 당할 수도 있는 상황이었다.

"던져!"

나무 위에 숨어 있던 오크들이 발광하는 미노타우로스를 향해서 창을 던졌다.

푹푹!

정예로 구성된 오크들답게 창은 한 치의 오차도 없이 정확하게 미노타우로스를 꿰뚫었다.

우지끈! 우지끈!

놈의 주먹에 맞은 수백 년도 더 된 나무들이 힘없이 부러져 쓰러졌다.

"피해라!"

나무가 쓰러지며 숨어 있던 오크들을 덮쳤다. 재빠르게 자리를 옮기지 않았다면 나무에 깔려서 죽을 뻔했다.

괴물이 더욱 흥분했다.

쿠오오오오!

"으윽, 더, 더 이상 버틸 수가 없어."

밧줄을 잡고 있던 오크들의 안색이 심각하게 나빠졌다.

"참아! 금방 끝낼 테니!"

곤의 목소리가 들렸다.

그의 목소리에 오크들의 표정이 눈에 띄게 좋아졌다.

곤은 미노타우로스를 향해 곧장 떨어졌다.

서걱!

곤의 중검이 미노타우로스의 심장에 박혔다. 놈은 믿을 수 없다는 표정을 지었다.

"평평, 부탁해."

"맡겨둬."

곤은 평평을 불러냈다.

평평은 눈 한 번 깜짝할 사이에 소환돼 그의 손등에 앉았다. 녹색의 머리를 가진 그녀는 두 손을 뻗어 곤의 중검에 독성을 쏟아부었다.

독의 기운은 검날을 타고 미노타우로스의 심장으로 파고들었다.

크르르륵.

미노타우로스의 입에서 거품이 흘렀다.

"꽤나 아플 거야. 평평의 성격만큼이나 독성이 강하거든."

"아니거든, 주인."

곤의 말에 미간을 찡그린 펑펑이 곤의 귓불을 잡아당겼다.

곤은 날이 갈수록 단전에 잠들어 있는 독 내기가 강해지는 것을 느꼈다.

무상심법을 운용하면 심법에 관한 내기만 강해져야 하는데 독 내기도 같이 강해지고 있었다.

더군다나 호흡 조절을 하지 않으면 그의 모공에서 조금씩이나마 독무가 흘러나왔다. 잘못하면 동료들을 모두 큰 위험에 빠뜨릴 수가 있었다.

사냥을 시작하고 한 번은 이런 일이 있었다.

하천의 몬스터인 빅 리자드를 사냥하던 중 독 내기를 직접 중검에 주입했다.

위력은 탁월했다.

빅 리자드는 그 자리에서 중독되어 반쯤 녹아버리고 말았다.

식량으로 사용할 수 없게 된 것이다.

식량을 구해야 하는 오크들의 입장에서는 큰 손실이 아닐 수 없었다.

그 이후 곤은 독 내기를 직접적으로 사용하지 않았다.

대신 독의 요정으로 변한 펑펑을 대신 이용하고 있었다.

펑펑은 몬스터를 녹여 버릴 정도의 독성은 가지지 못했다. 상대방을 일시에 마비시켜 움직일 수 없게 만드는 정도의 독성만 가졌다.

사용처는 다양했다.

물에 마비독을 풀 수도 있었고, 지금처럼 대형 몬스터를 잡을 때는 심장에 박아 넣기도 했다. 펑펑의 마비독은 그리 강하지 않기에 시간이 지나면 사라진다.

곤보다는 펑펑이 사냥에 훨씬 적합한 셈이다.

크르르릉!

육신이 마비된 미노타우로스는 그대로 바닥에 쓰러졌다. 5m가 넘는 거대한 덩치가 쓰러지니 지반에 엄청난 진동이 일었다.

"와아아아아!"

오크들의 환호성이 터졌다.

"와! 이 무서운 미노타우로스를 이리 쉽게 잡다니!"

한 오크가 싱긋 웃으며 쓰러진 미노타우로스를 향해 다가갔다.

크르르르!

몸이 마비된 미노타우로스의 입에서 거친 숨소리가 흘러나왔다.

놈은 곧 자신이 어떤 꼴을 당하게 될지 상상도 하지 못할 것이다.

몇몇 부상을 입은 오크들은 치료에 나섰고, 나머지는 미노타우로스를 해체하기 위해 절단용 칼을 꺼내 들었다.

슥삭슥삭.

미노타우로스는 산 채로 해체되고 말았다. 이 정도의 거대한 몬스터라면 버릴 것이 하나도 없었다.

내장, 뇌, 뼈, 피, 근육, 하다못해 생식기까지 오크들에게는 큰 도움이 되었다.

미노타우로스를 해체하고 있는 오크들이 슬쩍 곤을 바라보았다.

그들의 눈에는 경외감이 서려 있었다.

곤의 정령 덕분에 생각보다 훨씬 쉽게 대형 몬스터를 상대할 수 있게 된 것이다. 오크들 역시 정령들을 자유자재로 사용하지만 대형 몬스터에게는 큰 효과를 발휘하지 못했다.

벌써 작년에 비해 두 배가량의 식량을 마련했다.

전부 다 곤의 덕이라 할 수는 없겠지만 곤이 아니었으면 불가능했을 일이다.

곤의 전투력은 오크 중에서도 최상급.

사냥을 떠나기 전부터 볼튼과 비슷한 실력을 가지고 있었지만, 사냥을 시작한 지 이레. 그는 벌써 여느 용자와 비교해도 손색이 없을 정도의 실력자가 되었다.

'인간… 곤.'

헝가스는 곤을 바라봤다.

그가 마을에 실려 왔을 때는 다 죽어가는 한낱 인간에 지나지 않았다. 워낙 상태가 위중해 살아날 수 있을까 의문스러웠다. 하지만 그의 생각과는 다르게 곤은 깨어났다.

말 그대로 죽음의 문턱을 넘고.

생명의 신 단가가 도와준다면 모를까, 그는 본래대로 돌아오기 어려운 상태였다.

그의 강인한 체력!

죽음조차도 초월하는 강력한 의지!

샤면 살롱쿠기의 예언대로 정말로 이 인간이 정화자일까.

그것은 누구도 모를 일이었다.

시간이 지나면 모든 것이 드러나겠지.

"수고했네."

헝가스가 곤에게 다가가 어깨를 쳐주었다.

"아닙니다. 할 일을 했을 뿐인데요."

곤은 별일 아니라는 듯이 말했다.

"상처를 입지는 않았나?"

"괜찮습니다."

오크들이 미노타우로스를 해체하는 동안 헝가스와 곤은 이런저런 대화를 나눴다. 몇 번이나 반복되는 일이다.

대화를 통해 헝가스는 곤의 심성이 나쁘지 않다는 것을 깨달았다.

정말로 이자가 정화자라면 황색 오크족이 번성할 수 있게 도와줄 것이라 생각했다.

삐이이이익, 삐익, 삐익, 삐익.

멀리서 새소리와 비슷한 소리가 들려왔다.

언뜻 듣기에는 새소리 같지만 사실은 아니었다. 그것은 혹시 있을 위험에 대비해 정찰을 하고 있는 정찰조와 본대와의 연락 수단이었다.

한 번 불면 사냥감 발견.

두 번 불면 거대 몬스터 출현.

세 번을 불면 당장 그곳에서 탈출이라는 의미였다.

그리고 지금은 네 번이 들렸다. 네 번의 소리는 정체불명의 존재 출현. 대기해야 할지, 철수해야 할지 명령을 바란다는 말이었다.

"어쩌실 겁니까?"

곤이 헝가스에게 물었다. 그는 미노타우로스를 해체하고 있는 오크들을 보았다.

아직 양이 꽤나 많이 남아 있었다.

"다섯 명만 간다. 곤 자네도 따라오게."

"알겠습니다."

곤은 고개를 끄덕였다.

지목을 받은 오크들은 소리가 들린 곳을 향해서 빠르게 움직이기 시작했다.

Chapter 6. 성녀 에리카

"아, 이런……."

큰 키에 금발의 수녀복을 입은 아름다운 여자가 고운 미간을 좁혔다.

"쿨럭쿨럭!"

그녀를 지키던 기사들의 낯빛이 시커멓게 죽었다. 들고 있던 바스타드 소드도 벌벌 떨렸다.

독이다.

중독된 것이다.

"죄, 죄송합니다, 에리카 님. 모두 저희의 불찰입니다. 이곳은 저희가 막고 있을 테니 에리카 님께서는 어서 도망치십시오."

한 사내가 이를 악물며 말했다.

"이곳에서 제가 어디로 도망을 칠 수 있겠습니까. 저는 두 분과 끝까지 함께하겠습니다."

"안 됩니다. 당신은 교단의 중요한 인물. 절대로 이곳에서 잃을 수는 없습니다."

두 기사가 고개를 흔들었다. 얼굴에는 다급함이 가득했다.

상급 수녀 에리카는 오델라 교단에서 신의 목소리를 들을 수 있는 유일무이한 존재였다.

절대로 이런 곳에서 잃을 수는 없었다.

"낄낄낄, 그게 너희 마음대로 된다더냐. 이곳까지 도망쳐 들어온 것은 좋았는데 나가는 것도 생각했어야지. 멍청한 놈들."

사제복을 입은 사내들이 나타났다. 흰 사제복의 사내 한 명과 여섯 명의 검은 사제복을 입은 자들이다.

흰 사제복을 입은 사내는 뒷짐을 진 채 특이한 웃음을 흘리고 있었다.

"코트라 사제! 이 간악한 놈! 도대체 무슨 짓을 저지르고 다니는 것이냐!"

기사 바우가 흰색 옷을 입은 사제에게 소리쳤다.

"큭큭큭, 멍청한 놈. 그건 나도 알고 너도 알고 저기 상급 수녀분께서도 알고 계신 일 아니더냐."

"어찌 감히 성스러운 신 오델라의 축복을 받고 있는 자가 이런 짓을 저지른다는 말인가!"

"그러게, 왜일까?"

코트라 사제는 입술 끝을 올린 후 뒤쪽에 있던 사제들에게 고개를 끄덕였다.

후드를 깊이 쓰고 있어 그들의 얼굴은 하나도 보이지 않았다.

"모두 독살시켜 버려!"

명령이 떨어졌다.

동시에 검은 사제복을 입은 여섯 명의 입에서 뱀과 같은 긴 혀가 돌출됐다.

치이이이익.

녹색의 안개가 그들의 입에서 뿜어져 나왔다.

"크흡! 이놈들이!"

기사들은 호흡을 멈췄다. 다시 한 번 놈들의 독에 중독된다면 목숨을 장담할 수 없었다.

"빌어먹을, 주교 놈들."

에리카는 어금니를 부득부득 갈았다.

중앙의 교단은 썩었다. 지금 저들의 행위만 봐도 그러했다.

검은색 사제복을 입은 자들은 인간형 키메라 타오 D형, 일명 포이즌 키메라라 불렸다.

믿을 수 없게도 살아 있는 인간과 몬스터를 합쳐서 만들어진 존재였다.

수십만의 신도를 가진 오델라 교단으로서 절대로 행해서는 안 되는 이단을 행한 셈이다.

"해독! 해독!"

에리카는 두 명의 기사에게 계속해서 신성해독술을 걸어주었다.

하지만 그녀의 해독력으로 키메라의 독을 넘을 수는 없었다.

"커허헉!"

끝내 기사들은 입에서 검붉은 피를 쏟으며 쓰러지고 말았다.

"바우 님! 수에라스 님!"

에리카는 안타깝게 그들의 이름을 불렀다. 아무리 불러도 기사들은 거친 숨을 몰아쉴 뿐 움직이지 못했다.

도저히 눈앞에 있는 적들에게서 도망칠 수가 없었다.

아무래도 그녀는 목적을 달성하지 못할 듯싶었다.

"저깁니다."

정찰병으로 나선 오크가 그랑쥬리 정글 한쪽을 가리켰다.

헝가스와 곤이 그의 손을 좇았다.

세 명의 남녀가 절벽 끝까지 몰려 있다.

여자, 남자.

모두 인간이었다.

이 세계에 들어와서 처음으로 보는 진짜 인간.

곤의 두 눈이 반갑게 변했다.

"지금 무슨 일이 벌어지고 있는 겐가?"

헝가스는 바로 코앞에서도 들리지 않을 만큼 작은 목소리로 정찰병에게 물었다.

"인간 세 명이 다른 인간 일곱 명에게 사냥을 당하고 있습니다."

"인간이 인간을 사냥한다……."

아무리 용자라 칭송받는 헝가스라고 하더라도 인간 세상에 대한 정보는 거의 없었다. 그가 평생 살아오면서 만나본 인간은 곤이 유일했다. 책에서 본 인간들은 이기적이라고 한다. 하나 그가 본 곤은 무척이나 괜찮은 사내였다.

그렇기에 인간들에 대한 편견이 사라졌었지만 저들로 인해서 다시금 인간에 대한 인식이 나빠졌다.

더군다나 사냥당하는 인간에는 암컷도 있었다.

"음."

헝가스의 얼굴이 굳어졌다. 뭔가가 이상한 낌새를 느낀 표정이다.

"왜 그러십니까?"

곤이 조심스럽게 물었다.

"냄새가 이상해."

"냄새라니요?"

"저기 검은 옷을 입은 놈들에게서는 너와 같은 인간의 냄새가 나지 않아."

곤의 사냥 기술이 아무리 좋아졌다고 하더라도 절대로 오크들을 쫓아갈 수 없는 것이 있었다.

바로 후각.

곤은 코 가까이에 대야 맡을 수 있는 냄새를 오크들은 수십 미터 밖에서 어렵지 않게 맡을 수가 있었다.

곤으로서는 흉내조차 낼 수 없는 선천적인 기술이었다.

"몬스터라는 소리입니까?"

"더욱 지독한 것."

"지독한 것?"

"그래, 물리면 3초 만에 죽는다는 빅 코브라 시체의 냄새다."

"그게 무슨 소리입니까?"

"생기가 느껴지지 않아."

"생기가 없다 하심은 저들이 구울이라는 소리입니까?"

인간에게 구울이란 두려움의 대상이지만 샤먼에게 구울이란 오크들을 지킬 또 다른 방어 수단 중의 하나였다.

하지만 구울을 소환하는 부두술은 살롱쿠기의 스승들이 사라지면서 사장되고 말았다.

"맞네. 하지만 저것들이 내뿜는 기세는 사이하기 그지없네."

곤은 고개를 끄덕였다. 저기 있는 자들의 전후 사정을 그는 알지 못한다.

"구할 겁니까?"

"이번만큼은 자네의 뜻을 따르기로 하지. 저들은 오크가 아닌 인간이니까."

곤은 더 이상 생각할 필요가 없었다.

"그럼 약한 쪽을 돕죠. 먼저 가겠습니다. 지원해 주십시오."
그의 말에 헝가스는 고개를 끄덕였다.
"들었지. 곤이 돌입하면 나머지는 우리가 저격한다."
"알겠습니다."
오크들이 투지를 불태우며 고개를 끄덕였다.
곤은 빠르게 나무를 탔다.
워낙 정글의 거대 나무들이 울창하게 뒤섞여 있기에 어느 정도 실력만 있다면 나무와 나무를 옮겨 다니는 것은 어렵지 않았다.
인간들과 거리를 빠르게 좁혔다.
놈들은 아직 곤을 눈치채지 못하고 있었다.
스읏.
나무 사이를 뛰어넘으며 손도끼를 날렸다. 저 여섯 놈은 죽은 자라고 하였다. 정화의 용자 헝가스의 말이라면 빗나갈 일이 없었다.
그는 부족 내에서 기감이 가장 뛰어나니까.
쐐애애액!
곤은 손목을 사용하여 두 개의 손도끼를 날렸다. 손도끼가 맹렬한 속도로 사제들을 향해서 날아갔다.
아직까지 공격을 눈치채지 못한 모양이다. 곧 눈치채겠지. 그러나 그때는 늦는다.
쉬익쉬익.
검은색 사제복을 입은 자들이 소리를 듣고 고개를 돌렸다.

그들의 움직임은 무척이나 부자연스러워 보였다.

퍽! 퍽!

손도끼는 후드로 휩싸인 머리를 정확하게 가격했다. 얼마나 손도끼를 날리는 힘이 강했는지 놈들의 머리통이 박살이 나버렸다.

쿵!

두 명의 검은색 사제복을 입은 자가 바닥에 쓰러졌다.

곤은 에리카와 코트라 사제 사이를 가로막았다. 갑작스럽게 벌어진 일에 에리카도 코트라도 멍한 표정이다.

"누, 누구?"

에리카는 자신의 앞을 가로막은 사내에게 조심스럽게 물었다.

"곤."

사내는 짧게 대답했다.

차림새로 보아 기사는 아니었다. 너저분한 동물 가죽 옷을 입고 있고 머리카락은 길게 뻗어 얼키설키 꼬여 있다. 들고 있는 것은 검이 아닌 날이 빠진 손도끼.

사냥꾼이었다.

한데 이해가 가지 않는 것이 하나 있었다.

이곳은 인간들이 살지 못한다는 몬스터의 정글 그랑쥬리이다. 근 몇백 년간 이곳에서 인간이 살고 있다는 소리는 듣지 못했다.

하지만 눈앞에 있는 자는 분명 인간.

그것도 꽤나 이곳에서 생활을 한 듯싶다.
그는 자신을 죽이려는 자로 보이지는 않았다.

"너, 너 이 자식, 뭐야? 감히 내 포이즌 키메라를!"
갑작스러운 상황.
코트라는 얼굴의 근육을 경직시키며 욕설을 내뱉었다.
"당연한 것을 묻는군."
딱딱한 목소리.
"기사냐?"
"기사? 그게 뭔데?"
"기사가 아니야?"
코트라는 난입한 사내를 훑어보았다. 겉모습은 분명 기사가 아니었다. 대륙 공용어도 어눌했다. 반박에 알아듣지 못할 심한 사투리.
촌놈이었다.
이제야 전체적인 그림이 그려졌다.
"새끼가 어디서 어설픈 영웅 흉내를 내고 있어. 위기에 빠진 아름다운 여인을 구하고 용사가 되는 것은 음유시인의 노래에서나 나오는 얘기지."
곤은 어깨를 으쓱거렸다.
"만용은 죽음을 부르지. 저 자식, 죽여 버려!"
코트라 사제는 비웃음을 흘린 후 포이즌 키메라에게 명령을 내렸다. 살아남은 포이즌 키메라의 입에서 또다시 독가스가 분출되었다.

"이봐요! 숨을 멈춰요! 저들의 내뿜는 것은 포이즌이에요!"

에리카가 곤을 향해서 소리쳤다.

곤은 그런 에리카를 돌아보지 않았다. 묵묵히 자신을 향해서 뻗어오는 안개 독을 바라볼 뿐이었다.

"펑펑, 나와."

"짜자잔!"

긴장감이 전혀 느껴지지 않는지 펑펑은 날개와 양손을 하늘로 쫙 펴며 모습을 드러냈다.

"독을 부탁해."

"맡겨두시라!"

펑펑은 크게 숨을 들이켰다.

그녀가 숨을 들이켜자 배가 풍선처럼 빵빵하게 부풀어 올랐다. 포이즌 키메라가 내뿜은 독가스는 모조리 그녀에게 흡수되고 있었다.

"저, 저건 정령?"

코트라 사제가 당황했다. 어느 시점인지 정확하지 않지만 대륙에서 정령사는 거의 사라졌다고 볼 수 있었다. 대부분이 익히기 어려운 정령술보다 마법을 선호했기 때문이다. 간혹 정령사들이 보이기는 했지만 그들은 엘프와 혼혈이 많았다.

그리고 코트라 사제는 정령을 처음 보았다. 때문에 정령이 얼마나 강력한 위력을 지니고 있는지 알지 못했다.

"후아아아! 이거나 먹어라!"

평펑의 작은 입에서 독가스가 내뿜어졌다.

흡수되었던 독가스가 코트라 사제와 포이즌 키메라에게 되돌아갔다.

"흥, 나에게는 포이즌 키메라의 독이 통하지 않아."

코트라 사제가 비웃었다. 포이즌 키메라를 통솔하기 위해 이미 그는 해독제를 마신 상태였다.

"지랄, 내가 병신이냐. 허접한 독을 다시 내보내게. 살짝 조합을 바꿨지. 내가 장담하지. 등신 같은 네놈이 살아 있을 수 있는 시간은 10분이야. 그나저나 미치겠네. 난 운디네라고, 운디네. 왜 정령이 저 자식들보다 독성이 강하느냐고!"

펑펑은 머리를 부여잡았다.

그 모습이 꽤나 귀여웠다. 그러니 그녀가 이토록 강력한 독기를 내뿜을 것이라고는 아무도 생각하지 못했다.

"크흡."

변형 독기를 들이마신 코트라의 얼굴색이 급격하게 나빠졌다.

그나마 포이즌 키메라는 변형 독기를 견뎌내고 있었다. 아무래도 독에 대한 내성이 있기 때문인지 코트라만큼 빠르게 중독되지는 않았다.

"크하학! 뭐, 뭣들 하고 있어! 빨리 저것들을 죽이고 해독제를 빼앗아!"

코트라가 악에 받쳐 소리쳤다.

하지만 그의 명령대로 당해줄 곤이 아니었다.

"미안하지만 너희는 우리에게 노출됐어."

곤의 말이 끝나기가 무섭게 수십 발의 손도끼가 날아와 포이즌 키메라를 난도질하기 시작했다.

* * *

"고맙소이다."

해독이 된 기사 바우가 곤에게 고개를 까닥이며 고마움을 표시했다. 하지만 표정으로 봐서는 심사가 꼬인 듯했다.

"아닙니다. 할 일을 했을 뿐입니다."

곤은 고개를 흔들었다.

사실 그가 성녀 일행을 구한 것은 인간 세상에 대해서 정보를 듣고 싶었기 때문이다. 언제까지 오크들과 지낼 수는 없었다.

혜인에게 돌아가기 위해서라도 반드시 인간 세상으로 나가 실마리를 찾아야 했다.

"이 등신아, 제대로 인사를 해. 이거 엎드려 절 받기네. 표정이 왜 그래? 당신을 해독시켰으면 나한테도 해야지. 앙! 지금 나 작다고 무시하는 거야, 뭐야?"

펑펑이 양손을 허리에 대고 기사 바우를 향해 앙칼지게 쏘아붙였다.

그녀는 중급 이하의 독이라면 해독시킬 수가 있었다.

기사 바우는 난처한 표정을 지었다.

그는 오델라 교단의 독실한 신자였다.

교단의 교리는 이세계(異世界)의 존재를 인정하지 않는 것. 그들에게 이세계의 존재란 오직 성스러운 신 오델라뿐이었다.

당연히 정령도 인정하지 않았다.

하지만 지금 눈앞에서 알짱거리고 있는 정령은 실체화되어 있다.

한 번도 정령을 보지 못한 에리카와 기사들은 당황할 수밖에 없었다.

정령을 인정하면 교리에 어긋난다. 그러나 눈앞에 보이는 정령을 인정하지 않을 수도 없었다.

더군다나 이 정령이 자신들의 목숨을 구해주지 않았는가.

기사 바우는 에리카를 바라봤다. 어찌해야 하는지 묻기 위함이다.

“한낱 미물도 목숨을 구해주면 고마워합니다. 저희는 인간입니다. 아무리 교리에 어긋난다고 해도 인간의 도리는 해야지요.”

에리카가 부드러운 목소리로 말했다.

그녀가 상황을 정리해 줬기 때문일까.

바우의 표정이 한결 편해졌다.

에리카가 상황을 정리해 줬기에 바우는 책임을 질 필요가 없었다. 기사 수에라스도 마찬가지였다.

“큼큼, 도움을 줘서 정말 고맙네.”

바우는 헛기침을 몇 번 한 후 펑펑에게 말했다. 한데 두 쌍의 날개를 펄럭이고 있는 그녀의 표정이 좋지 않았다.

"이게 정말 누굴 똥으로 보나. 야, 그 말을 진작 했어야지. 진짜 미치겠네. 야, 이 수컷 새꺄, 넌 내가 졸라 만만해 보이냐. 눈알을 뽑아서 먹물만 쪽쪽 빨아 먹을까 보다, 썅!"

평평의 전매특허.

독설 작렬.

평평과 처음 만났을 당시 곤도 정신적인 공황을 겪었다. 그녀의 끈적끈적한 독설은 맨정신으로 버틸 수 있는 수준의 것이 아니었다.

그뿐만 아니라 평평과 말을 섞은 모든 오크 역시 똑같은 정신적 트라우마를 겪어야 했다.

그리고 또 다른 희생자가 생겨났다.

에리카와 두 명의 기사.

신을 모시는 그들답게 태어나서 단 한 번도 이 정도의 걸쭉한 욕설은 들어본 적이 없다.

세 쌍의 눈동자가 동그래지더니 아무런 말을 하지 못했다.

잠시 후 에리카가 손으로 입을 막으며 부드러운 미소를 지었다. 지금의 상황이 무척이나 재미있다는 표정이다.

"정말 이놈은 시도 때도 없이……."

놀란 곤이 급히 평평의 입을 막고 소환을 해제했다.

"이거 안 놔! 주인도 봤잖아, 저 새끼가 나 쌩까는 거! 아주 산 채로 거시기를 개의 먹이로 줘야 해! 저 새끼……!"

사라지면서도 끝까지 독설을 멈추지 않는 평평이었다.

평펑이 사라지자 남은 것은 어색함이었다.

이 어색함이 싫어 헝가스와 다른 오크들은 병기를 손질하는 척했다.

에리카와 기사들을 구해줬지만 평펑으로 인해 메울 수 없는 얼음 계곡이 생겨 버리고 말았다.

"죄송합니다. 걔는 평펑이란 아인데 입이 좀 험합니다."

은인이 사과하는 촌극도 벌어졌다.

"……."

에리카가 멍하니 곤을 바라봤다.

"풋."

그녀의 입에서 짧은 웃음이 터졌다.

"아하하하하하!"

이내 그녀는 세상에서 가장 재미있는 것을 봤다는 듯 한참을 웃었다.

눈물까지 찔끔거려 가면서.

"아, 정말 인간이 살지 않는 곳에서 인간을 만나더니 별 해괴한 일을 다 겪네요. 이래서 세상은 넓다는 소리를 하나 봐요. 아참, 내 정신 좀 봐. 은공의 성함도 묻지 않았네요. 성함이 어찌 되시는지 물어봐도 될까요?"

"저 말입니까?"

"그럼 제가 누구한테 묻겠어요?"

"그렇군요. 제 이름은 곤이라고 합니다."

"곤이라……. 특이한 이름이네요. 머리색도 검고 눈동자색도 검고. 대륙에서는 좀처럼 볼 수 없는 머리색이에요."

"그런가요?"

"네."

기사들이 체력을 회복해야 하기에 그들은 잠시 앉아서 휴식을 취할 수밖에 없었다.

헝가스는 오크들을 본대에 합류시키고 곤과 함께 남았다.

곤을 보호해야 한다는 명분이지만 인간이라는 종족에 대해서 관심이 많았기 때문이다.

그는 그들을 데리고 자리를 옮겼다. 피 냄새를 맡은 몬스터들이 우글우글 몰려올 것이다. 기사들의 체력을 회복할 동안 안전한 곳이 필요했다.

곤은 동굴 근처에 모닥불을 피우고 몬스터의 습격에 대비했다.

그는 모닥불 위에 토끼를 구웠다. 정글을 헤매면서 제대로 된 식사를 하지 못해서인지 에리카는 꽤나 맛있게 먹었다. 몇 점을 집어먹은 그녀는 나머지 고기를 잘라 누워 있는 기사들 입에 넣어주었다.

에리카는 밤새 한잠도 자지 않고 기사들을 간호했다. 신음을 흘리거나 악몽을 꿀 때면 계속해서 버프를 걸어주어 그들에게 안정을 찾아주었다.

기사들은 체력이 강하니 당신도 쉬어야 한다고 곤이 말했지만 에리카는 자신이 할 것이 이것밖에 없으니 괜찮다고 대답했다.

단 하루의 시간이지만 그들은 꽤 많은 대화를 나눴다.

곤은 그들로 인해 이곳의 인간 사회가 어떤 곳인지 조금이나마 알 수가 있었다.

해가 밝자 기사들도 어느 정도 체력을 되찾았다. 곤과 헝가스는 그들을 안전한 길목까지 데려다 주었다.

"그럼 안녕히 계세요."

에리카는 곤과 헝가스를 향해 밝게 웃으며 작별 인사를 건넸다.

"그쪽도 조심하시길."

곤은 고개를 끄덕였다.

에리카와 두 기사는 수풀을 헤치고 앞으로 나아갔다. 그녀는 몇 번이나 뒤를 돌아보며 손을 흔들었다. 곤과 헝가스는 그들이 보이지 않을 때까지 자리를 지켰다.

*　　*　　*

곤과 헝가스는 본대가 있는 곳으로 달려가고 있었다.

"자네, 괜찮겠나?"

헝가스가 곤에게 물었다.

"뭐가요?"

곤이 물었다.

"몰라서 묻나?"

헝가스의 말에 곤은 뺨을 긁적거렸다.

"아직은 할 일이 남아 있습니다."

"그게 뭔데?"

곤은 빙그레 미소를 지었다.

사실 곤은 에리카에게 한 가지 제의를 받았다. 정글에서 오크들과 사는 것도 나쁘지는 않지만 인간은 인간과 어울려 살아야 한다고.

헝가스는 그 때문에 물어본 것이다.

그녀는 자신의 소개하면서 같이 가자고 제의했다.

그녀의 이름은 본 에리카.

오델라 교단의 상급 수녀로 현재 교단의 명령에 따라 무언가를 찾는 일을 하는 중이었다. 당장은 자신들이 위험에 빠진 상황이라 다시 교단으로 돌아가려고 하니 나중에라도 꼭 자신을 찾아오라는 것이다. 그러면 오늘의 은혜를 잊지 않고 갚겠다고. 그 증표로 에리카의 신분을 상징하는 목걸이를 주었다.

사실 곤은 그녀를 따라가고 싶었다.

그가 살던 조선시대가 아닌 이곳의 문명을 직접 겪고 눈으로 확인하고 싶었다.

아니, 이곳이 정말 자신이 살던 곳과 다른 곳인지 인간들과 마주하며 확인하고 싶었다.

하지만 오크들을 버리고 갈 수는 없었다.

최소한 이들과의 인연을 이렇게 끊을 수는 없었다. 생명의 은인, 새로운 가족. 가족이라면 양해를 구하고 모험을 떠나도 떠나지 그냥 떠나는 것은 아니었다.

"꼭 찾아가겠습니다."

"그러세요. 당분간 전 오델라 제3교단에 있을 거예요."

"그곳이 어디죠?"

"제국의 중심부."

곤은 고개를 끄덕였다.

제국이 어떤 곳인지는 모른다. 어떤 나라가 있는지도 모른다. 하지만 그 말 한마디면 찾을 수가 있었다.

사냥이 끝나면 양해를 구하고 반드시 그녀를 찾을 것이다. 세상에 나가면 혜인에게 돌아갈 수 있는 길을 찾을 수 있을지도 모른다.

아니, 찾을 것이다.

어느새 곤과 헝가스는 본대 야영지에 도착했다.

Chapter 7. 악몽의 전초

그 일은 모두가 잠든 새벽녘에 일어났다.

"크, 큰일입니다!"

갑자기 한 오크가 심한 상처를 입고 수풀을 뛰쳐나왔다. 잠을 자던 오크들이 급하게 일어나 무기를 챙겨 들고 만일의 사태에 대비했다.

상처가 난 오크의 얼굴은 사색이 되어 있었다.

그는 볼튼 파티에 속해 있는 파르티라는 오크였다. 볼튼의 심복 같은 자로 지금은 후방 이틀 거리에 있어야 했다.

왜 이자가 이곳에 나타났다는 말인가.

"크흑."

파르티가 바닥에 쓰러졌다. 오크들이 급히 달려 나와 그의 상처에 응급처치를 했다.

"무슨 일인가? 대답할 수 있겠는가?"

헝가스는 불길함을 느끼며 파르티에게 물었다.

파르티는 심하게 숨을 헐떡거렸지만 목숨에는 지장이 없는 모양이었다.

"리자드맨의 대규모 습격이 있었습니다."

숨을 진정시킨 파르티가 다급한 목소리로 대답했다.

"그게 무슨 소린가? 리자드맨의 대규모 습격이라니?"

이해할 수가 없었다.

리자드맨은 늪의 몬스터이다.

늪은 워낙 위험한 몬스터가 많아 오크들이 가장 꺼리는 장소이다.

그중에서도 리자드맨은 위험하기로 유명했다.

늪지대에서 놈들은 어떤 몬스터보다 위험천만했다. 놈들과 부딪치면 도망가는 것이 신상에 좋았다.

하여 오크들은 절대로 늪 근처에서 야영을 하지 않았다.

그렇기에 리자드맨에게 습격을 당했다는 것을 이해할 수가 없었다.

"그제 밤이었습니다. 놈들은 작정이라도 한 듯이 소리도 없이 저희에게 접근했습니다. 대략 놈들의 숫자는 백여 마리입니다."

백여 마리?

후방으로 빠져 있는 볼튼의 부대가 감당하기에는 상당히 많은 숫자였다.

“어떻게 됐나? 다친 전사들은? 혹시 죽은 전사도 있는가?”

“불시에 당한 습격이라 얼마나 많은 전사가 다쳤는지는 모릅니다. 저희는 급히 그곳을 탈출하며 제2거점에서 만나기로 하고 뿔뿔이 흩어졌습니다.”

주룩주룩.

뭘까, 이 느낌은?

헝가스의 등줄기를 타고 식은땀이 흐르기 시작했다.

“혹여 퉁고의 파티는 어떻게 됐는지 알고 있는가?”

“모릅니다.”

파르티는 한숨을 내쉬며 고개를 저었다.

늪이 아닌 곳에서의 리자드맨 한 마리의 전투력은 오크보다 조금 더 강한 편이다. 하지만 지능이 낮기에 오크 두 명이 힘을 합치면 어렵지 않게 잡을 수가 있었다.

그러나 리자드맨 백 마리라면 얘기가 달라진다.

어쩌면 벼락의 용자 퉁고의 파티도 위험에 빠져 있을 수 있었다.

*　　　*　　　*

헝가스와 오크들은 도끼를 든 채 정화의 용자 퉁고가 자리잡고 있던 야영지로 들어섰다.

퉁고의 숙영지는 헝가스의 숙영지에서 겨우 반나절 거리에 있었기에 쉬지 않고 전력으로 달린다면 수 시간 내에 도달할 수 있었다.

그들은 쉬지 않고 정글을 가로질렀다.

하지만 불길함은 어김없이 빗나가지 않았다.

"이, 이럴 수가!"

한 오크가 급히 코와 입을 막았다. 그들의 눈앞에 펼쳐진 것은 한 편의 지옥도였다.

퉁고가 있던 숙영지는 쑥대밭이 되어 있었다. 짙은 혈향과 시체 썩은 냄새만이 가득했다.

스르륵.

살아남은 오크는 보이지 않았다.

도대체 무엇에 당했는지 오크들은 사지가 찢긴 채 죽어 있었다.

시체를 파먹고 사는 데스 웜(Death warm)이 얼마 전까지만 해도 같은 부족원이던 오크들의 시체를 차지하고 있다.

저것들로 인해 시체의 부패가 빨라졌다.

"무슨 일이 벌어진 거지?"

헝가스는 눈살을 찌푸렸다.

치열한 전투의 흔적은 곳곳에서 보였다. 바위가 부서지고, 나무가 부러지고, 온갖 무기가 쪼개져 있다.

하지만 정작 적의 시체는 하나도 보이지 않았다.

"파르티."

"예, 용자시여."

어느 정도 체력을 회복한 파르티가 헝가스에게 다가왔다.

"정말로 리자드맨의 습격이 있었던 것이 맞는가?"

"이곳은 잘 모르겠습니다. 저희 파티에서는 분명 리자드맨의 습격이 있었습니다."

"흐음."

헝가스는 쓰러져 있는 퉁고의 시체로 다가갔다.

키키키킥.

그가 다가가자 데스 웜이 고개를 바짝 들고 날카로운 이빨을 드러냈다. 헝가스는 도끼를 들어 데스 웜의 머리를 잘라 버렸다.

끼리리리릭.

살아남은 데스 웜들이 놀라 시체에서 벗어나 땅속으로 파고 들어 갔다.

헝가스는 두 눈을 부릅뜨고 죽은 퉁고의 눈을 감겨주었다. 벼락의 용자 퉁고는 절대적인 재생력으로 정글에서 공포로 군림하고 있는 트롤과도 맞상대할 수 있는 존재였다. 그런 용자가 이토록 허무하게 죽임을 당할 줄은 헝거스도 미처 예상하지 못했다.

하체가 완전히 뜯겨져 나갔다.

이 의미는 상대방과의 압도적인 전력 차.

"나오라, 멀든."

헝가스의 말과 함께 흙바닥을 뚫고 키가 작은 정령이 나타났다.

머리는 크지만 예상외로 귀엽게 생긴 정령이다. 약 5세 전후의 어린아이를 보는 느낌이랄까.

"주인, 불렀는가?"

어린아이의 얼굴이지만 목소리는 중년의 남성처럼 굵고 거칠었다.

"살아 있는 존재가 있는지 살펴줘."

"알았다, 주인이여."

멀든이라고 불린 땅의 정령이 사라졌다. 저것이 바로 기간틱 소울 등급의 정령이라는 것을 알 수 있었다.

볼튼이 보여준 노움이라는 정령과는 비교도 안 될 정도의 힘을 가지고 있는 것이 느껴졌다.

잠시 후 멀든이 나타났다. 정령은 헝가스를 향해서 고개를 흔들었다.

살아남은 존재가 없다는 뜻이다.

"주변을 샅샅이 뒤져봤는가?"

"그렇다, 주인이여."

"고마워. 나중에 다시 부를게."

"알았다, 주인."

멀든이 땅을 파더니 그 안으로 사라졌다.

"곤."

"네, 용자시여."

"사인(死因)을 알겠는가?"

오크들의 시체를 살펴보던 곤은 고개를 저었다. 아직 많은 몬스터를 접해보지 못한 그는 이런 식으로 오크들을 찢어 죽일 수 있는 존재를 예상할 수 없었다.

도대체 누가?

"할 수 없지. 모두 전사를 모아라. 화장시킨다."

동족을 이렇게 버리고 갈 수는 없었다. 최소한의 장례는 치러줘야 했다.

볼튼의 파티가 걱정되기는 했지만 제2거점에서 조우하기로 했으니 기다려 볼 수밖에 없었다.

자세한 내용은 볼튼을 만나야만 알 수 있었다.

화르르르르!

동족의 사체가 불길에 휩싸여 타올랐다. 열아홉 명의 오크와 한 명의 인간은 마을을 떠나기 전까지 웃으며 축제를 즐기던 동료들의 죽음을 지켜봤다.

누구도 입을 열지 못했다.

눈물을 흘리는 전사도 없었다.

그저 묵묵히 두 주먹을 불끈 쥐고 재로 사라져 가는 동료들을 지켜볼 뿐이었다.

* * *

황색 오크 부족 마을에서 상당한 거리에 떨어진 제2거점.

오크들은 마을을 기점으로 둥근 형태로 여덟 개의 거점을 만들어놓았다.

몬스터와의 전투에서 패할 시를 대비한 거점이기도 했다.

마을보다는 안전하지 않지만 꽤 오랜 시간 공을 들여서 거점을 만들었기에 안전에 대한 방비는 어느 정도 되어 있었다.

상당한 높이에 달하는 목책과 다양한 무기들, 한 달은 버틸 수 있는 식량과 물, 구급 의료품과 샤먼에 의한 결계까지 펼쳐져 있었다.

모두 오크들의 생존을 위해서 건설한 전진기지인 셈이다.

끼익―

목책을 열고 들어간 오크들은 주변을 살폈다. 목책 안에는 다섯 채의 움막이 있었다. 그곳에서 인기척은 느껴지지 않았다.

아직 볼튼의 파티는 도착하지 않은 모양이었다.

"불을 피워라! 경계를 정하고 몬스터의 습격에 대비해라!"

헝가스가 오크들을 향해 명령을 내렸다. 몇몇 오크는 움막과 곳곳에 횃불을 켰고 몇몇은 경계 근무에 투입되었다. 경험이 많은 오크들이기에 그들은 신속하게 움직였다.

곤은 하늘을 바라봤다.

쿠르르릉!

날이 좋지 않았다.

그 밝은 볼렌덴 문은 어두운 구름에 가려져 보이지 않았다.

아무래도 한바탕 비가 쏟아질 모양이었다.

투투투툭!

"비가 오기 시작했습니다!"

경계를 서던 오크가 헝거스에게 소리쳤다.

쏴아아아아!

빗줄기는 점점 강해졌다.

빗줄기로 인해 어렵게 켜놓은 횃불이 꺼졌다. 남은 불은 움막 안에 켜놓은 것뿐이다.

"이런 날……."

헝거스는 손바닥을 내밀었다. 그의 손바닥 사이로 빗물이 스며들었다.

"무슨 일이 벌어져도 이상하지 않겠군."

*　　　*　　　*

쏴아아아아!

비가 거침없이 천막 위를 때리고 있다.

잠을 자고 있던 곤이 눈을 떴다. 아직 그가 경계를 서야 할 시간이 아니었지만 누군가 부르는 느낌에 깰 수밖에 없었다.

옆에는 오크들이 깊은 잠에 빠져 있다.

곤은 조심스럽게 움막 밖으로 나갔다. 이 익숙한 느낌, 분명 어디선가 느낀 기분이다.

몇 번이나 느꼈기에 무엇인지도 잘 알고 있다.

"이쪽인가?"

곤은 움막에서 조금 떨어진 곳으로 걸어갔다. 오크들이 경계를 서는 곳과는 정반대의 곳이다.

거점 뒤에는 절벽이 있어 목책을 세울 필요가 없었다. 당연히 경계도 필요 없었다. 절벽을 타고 몬스터가 습격하지는 않을 테니까.

투툭, 투툭.

절벽에서 뭔가가 떨어졌다. 그것은 데굴데굴 굴러서 곤의 발밑에 도달했다.

기이한 문양이 새겨진 돌덩이다.

곤은 돌덩이를 주웠다. 아무래도 이 돌은 자신과 어떤 연관이 있는 듯싶었다.

불길한 기운을 풍기는 문양이 새겨진 돌.

그것이 주변을 끊임없이 맴돌았다.

"그거 버려, 주인."

어느새 펑펑이 나와 곤의 어깨에 걸터앉았다. 그녀는 무척이나 기분 나쁜 표정이었다.

"이게 뭐지?"

"호레의 돌. 정령계에서 봉인되어 있어야 할 존재야."

"자세히 설명해 주겠니?"

"이 돌은……."

그때였다.

"볼튼이 돌아왔다! 볼튼의 파티가 생존했어!"

경계를 서던 오크의 목소리가 들렸다. 꽤나 흥분한 듯한 목소리다.

"볼튼이?"

펑펑의 얘기를 듣는 것은 나중으로 미루기로 했다. 지금은 오크족에게 무슨 일이 벌어졌는지 볼튼에게 듣는 것이 먼저였다.

곤은 호레의 돌을 잠시 바라봤다.

그는 돌을 절벽이 있는 곳으로 멀리 던져 버리고는 곧바로 볼튼이 있는 것으로 달려갔다.

목책 문이 올라갔다. 파르티를 뺀 아홉 명의 오크가 거점 안으로 들어섰다. 고생깨나 했는지 모두가 심하게 지쳐 보인다.

그나마 다행인 것은 그들 중에 치명상을 입은 자는 없어 보였다는 것이다.

이제는 무슨 일이 일어났는지 알 수 있을 것이다.

살아 돌아온 볼튼의 파티와 오크들이 반갑게 인사를 나누었다.

"볼튼!"

곤이 볼튼은 불렀다.

"곤!"

곤을 발견한 볼튼의 얼굴이 밝아졌다. 서로에게 다가간 둘은 깊이 껴안았다.

"다친 데는 없어?"

"뭐, 그럭저럭."

"다행이군."

곤은 포옹을 풀며 빙그레 미소를 지었다.

"그러게."

"그동안 무슨 일이 있었던 거야?"

가장 묻고 싶은 질문이다. 그러면서도 가장 겁나는 질문이기도 했다. 뭔가 일어나지 말아야 할 일이 벌어진 것 같은 불길한 기분 때문이었다.

그리고 호레의 돌이라는 놈이 나타나면 항상 좋지 않은 일이 생겼기에.

"들어가서 얘기하자. 이렇게 서서 할 얘기는 아닌 것 같다."

"아, 그래. 먼저 식사부터 하고."

볼튼은 고개를 끄덕였다.

최소의 경계 인원만 빼고 모든 오크가 움막 안에 모였다.

아홉 명의 오크는 꽤나 배가 고팠는지 게걸스럽게 훈제 미노타우로스 고기를 먹어치웠다.

헝거스 파티의 오크들은 아무런 말 없이 그들의 식사가 끝나기를 기다렸다.

이들은 무엇을 본 것일까. 정말로 늪지대에서 멀리 떨어져 있는 리자드맨의 습격이 맞는 것일까. 아니면 우리가 모르는 다른 일이 있었던 것일까.

모여 있는 오크들은 모두 입을 다문 채 볼튼의 입이 열리기를 기다렸다.

볼튼은 벼락의 용자 퉁고가 어떻게 됐는지 묻지 않았다. 곤도 왜 그들이 그렇게 됐는지 묻지 않았다.

그가 알고 있는 사실이라면 모든 것을 말해줄 것이라 믿어 의심치 않았다.

볼튼.

젊은 오크 중에서 최강의 전투력을 가졌으며 꽤나 의리가 강한, 사내 중의 사내.

차기 용자가 될 것이라 모든 오크가 믿고 있는 인물.

"지금부터 내가 하는 말을 잘 들어."

그런 그의 입에서 나온 말은 도저히 믿을 수 없는 것이었다.

*　　*　　*

너무나 큰 충격을 받으면 뇌의 사고 회로가 정지된다.

이건 단순한 습격이 아니었다. 거대한 재앙이었고 사실적인 파괴의 행위였다.

있어서도 안 되고 있을 수도 없는 일.

"지, 지금 뭐라고 했나?"

오크들 중에서 가장 정신력이 강한 헝가스조차 지금의 상황을 제대로 인식하지 못했다.

그의 목소리가 심하게 떨려 나왔다.

다른 오크들은 아예 입을 벌린 채 아무런 말도 하지 못했다.

"마을이 붕괴되었습니다."

볼튼의 담담한 말이 다시 한 번 흘러나왔다. 너무도 또렷한 말이기에 더욱 이질적으로 느껴졌다.

마을의 붕괴.

그들이 태어나고 자란 고향이 사라졌다는 것이다.

"미, 믿을 수 없어. 도대체 어떻게……?"

곤이 되물었다.

살룽쿠기가 쳐놓은 결계로 인해서 몬스터들은 마을 내부로 아예 침입할 수가 없었다.

오크들과 몬스터와의 다른 점은 지능, 그리고 자연을 움직일 수 있는 샤먼이 존재한다는 것이었다.

그렇기에 대형 몬스터라고 하더라도 마을에는 침입하지 못했다.

수백 년간 끊임없이 방어 주술을 발전시켜 온 샤먼의 결계는 엄청난 숫자의 몬스터 대군이 아니면 돌파할 수가 없었다.

그런데 그런 결계가 깨졌다는 말인가?

어떤 오크도 믿을 수 없는 것은 당연했다.

"결계가 뚫렸다."

"그러니까 어떻게?"

"마을을 습격한 것은 뮤질란의 헌터들."

"뮤, 뮤질란!"

뮤질란이라는 말에 모두의 얼굴이 딱딱하게 굳었다.

그들은 그랑쥬리 정글의 광적인 살인 집단이라고 해도 과언이 아니다.

언제 어디서 그들이 나타났는지는 모른다.

하지만 그들의 악행은 정글에 사는 종족이라면 모두 알고 있었다.

두려움의 상징인 그랑쥬리 정글에서도 악명 높은 놈들.

동족까지도 무자비하게 죽이는 토르소가 지배하는 그곳이

바로 뮤질란이었다.

토르소는 자신을 제외한 오크는 인정하지 않았다.

그에게 필요한 것은 오직 노예와 전사가 될 어린 오크뿐.

어린 오크들을 인간의 노예로 팔아 인간의 문물을 수입하는 것이었다. 늙고 쓸모가 없는 오크들은 모조리 참수했다.

그것이 오크 도시 뮤질란의 방침이었다.

"그, 그럼 아버님은?"

한 오크가 볼튼에게 물었다. 그의 아버지는 노화로 인해 전사에서 은퇴해 어른 오크들에게 사냥 기술을 가르치고 있었다.

"남은 것은 없어."

잔인하게도 볼튼은 고개를 저었다.

"샤먼은? 족장님은? 용자들은? 전사들은?"

흥분이 가라앉았기 때문일까. 헝가스의 목소리가 점점 가라앉으며 냉정을 되찾고 있었다.

"아무것도 남은 것은 없습니다."

그 말은 아마도…….

"마을은 식인 괴물 토르소가 보낸 전투 오크들에게 쑥대밭이 됐을 테고, 그럼 퉁고의 파티는 어떻게 된 거지? 이봐, 파르티, 분명 자넨 리자드맨에게 습격당했다고 하지 않았나?"

헝가스가 파르티에게 고개를 돌리며 물었다.

파르티는 뒷머리를 긁적거리며 헝가스의 눈을 피했다.

"정말입니다. 리자드맨에게 습격당한 것은."

그의 어감이 왠지 이상했다.

진실을 숨기고 있는 것 같은 아주 미묘한 느낌.

곤의 눈동자가 흔들렸다. 이 사실은 분명 어디선가 들어본 적이 있는 것 같았다. 아니, 들어봤다.

살룽쿠기에게서.

그랑쥬리 정글에서 가장 위험한 것은 늪 히드라도, 호랑이족도, 늑대족도 아니라고.

그것은 바로 동족조차 학살하는 오크 도시 뮤질란의 놈들이라고.

그리고 그들이 자랑하는 것은 바로 전투 노예 리자드맨. 리자드맨의 암컷들을 납치한 후 강제로 부화시켜 낳은 새끼 리자드맨을 사육하여 키운 것이 바로 전투 노예였다.

놈들은 오크를 자신의 부모로 알고 있었다.

철저하고 무자비하게 세뇌를 시킨 것이다.

그렇기에 전투 노예 리자드맨은 뮤질란의 놈들이 시키는 짓이라면 무엇이든 했다.

문제는 놈들이 어떻게 황색 오크족의 근황을 꿰뚫고 있느냐는 것이었다.

마을을 지탱하는 결계를 부수고, 사냥을 나간 오크들의 행적을 낱낱이 파악할 수 있는 자.

내부에 배신자가 있다고밖에 볼 수 없었다.

그리고 그 상황에 적합한 자는 단 한 명.

곤은 볼튼은 쳐다봤다. 볼튼도 곤을 쳐다봤다. 지금껏 봐오던 그의 눈빛이 아니었다.

마치 뱀을 보고 있는 듯한 느낌.

볼튼이 씨익 웃으며 말했다.

“맞아. 바로 나야.”

순간 곤은 뒤통수에 강렬한 충격을 받으며 그대로 의식을 잃고 말았다.

* * *

볼튼과 네 명의 오크가 다급하게 거점을 벗어나고 있다.

“쿨럭쿨럭!”

한 오크가 심하게 기침을 하며 바닥에 쓰러졌다.

그의 어깨는 뭔가에 의해서 뜯겨 나가 있었다. 엄청난 양의 피가 흐르며 바닥을 적셨다.

푸확!

어둠이 내리깔린 정글은 위험했다.

어느 종족도 어둠 속의 정글에서 살아남기란 쉽지 않았다. 바닥에서 수십 마리의 거대한 데스 웜이 튀어나와 쓰러진 오크를 덮쳤다. 작은 이빨로 오크의 피부를 찢어 먹으며 내부로 파고들었다.

“크아아아악!”

쓰러진 오크가 고통에 비명을 질렀다.

“저, 저런…….”

다른 오크가 동료의 상황을 보며 멈칫거렸다.

"멈추지 마. 여기서 멈추면 모두 죽어."

"아, 알겠습니다."

볼튼의 말에 남은 세 명의 오크는 계속 걸었다.

쏴아아아!

앞이 보이지도 않을 만큼 세찬 폭우가 내리고 있었지만 그들은 개의치 않고 걸었다.

볼튼은 자신의 부러진 도끼를 보았다.

놈들을 다 잡아들일 수 있었는데, 뮤질란의 다크 샤먼까지 있었는데, 그런데도 도망치는 게 고작이었다.

"호랑이족 그 개새끼."

호랑이족의 날카로운 발톱 한 방에 도끼가 부러졌다.

대부분의 오크도 놈의 손톱에 찢겨 죽었다.

뮤질란의 다크 샤먼도 놈의 이빨에 목이 물려 죽었다.

너무 강해서 볼튼조차 제대로 힘을 쓸 수가 없었다. 아니, 간신히 살아서 도망쳤다는 것이 옳을 것이다.

볼튼은 어금니를 강하게 물었다.

살룽쿠기와 용자들에게 들어서 호랑이족이 강하다는 것은 이미 알고 있었다.

하나 그는 젊은 오크 중에서 최강의 무력을 자랑했다. 그를 따르는 오크들도 약하지 않았다. 그런데도 상대가 되지 않았다.

만약 놈이 곤을 보호하지 않고 자신들을 공격했다면 전멸당했을지도 모른다.

"어쩌죠?"

한 오크가 볼튼에게 물었다.

"어쩌긴 뭘, 우리의 목적은 달성했다. 우리는 오크 도시 뮤질란으로 복귀하면 돼."

"노예들은?"

"본대 놈들이 알아서 잘 데리고 오겠지."

"알겠습니다."

네 명의 오크는 폭우를 뚫고 빠르게 사라졌다.

*　*　*

쏴아아아아!

씽은 곤을 업고 산중턱으로 올라섰다. 그는 목책이 있는 곳을 바라봤다. 목책 안에는 벌써 피 냄새를 맡고 수많은 벌레가 몰려들고 있었다.

그가 도착했을 때는 이미 대부분의 오크가 죽은 뒤였다. 당한 오크들은 믿을 수 없다는 표정으로 쓰러져 있었다.

믿었던 자에 의한 불시의 습격.

그렇기에 그들은 그런 표정으로 죽어간 것이다. 그리고 그들은 마지막으로 숨을 쉬고 있는 곤의 목을 자르기 위해 도끼를 휘두르는 중이었다.

안 돼! 내 친구야!

씽은 분노했다.

그는 곤을 공격하는 오크들을 향해서 날카롭고 강인한 이빨을 드러냈다.

놈들은 해괴한 기술을 사용했다. 검은 옷을 입은 놈이 나무 막대기를 휘두르자 순간적으로 앞이 보이지 않았다.

사술!

하지만 씽을 막을 수는 없었다.

씽은 나무 막대기를 잡아서 부러뜨리고 오크들을 닥치는 대로 물고 찢어서 죽였다.

그들은 꽁지가 빠져라 도망쳤다.

쫓아가서 전부 죽이려다가 걸음을 멈춘 씽이었다.

어찌 된 일인지 오늘은 벌레들이 미친 듯이 발광하는 날이었다. 주변에 시체가 쌓인 지 얼마 되지도 않아 지반을 뚫고 데스 웜이 튀어나오고 있었다.

이곳에 곤을 두는 것은 위험했다.

그는 곤을 들쳐 업고 무작정 산을 올랐다. 벌레들의 습격이 없는 곳까지.

쏴아아아!

쿠르르릉!

폭우, 그리고 낙뢰.

낙뢰는 정확하게 목책을 향해서 떨어졌다. 그것이 우연인지 아니면 신의 장난인지는 모른다.

어쨌든 이로 인해 목책 안에 존재하던 모든 오크의 시체와

벌레들이 사라졌다.

화르르르!

시뻘겋게 타오르는 불길과 함께.

씽은 곤을 바위에 눕혔다. 흙바닥이 아닌 바위 위라 데스 웜의 습격에서는 안전했다. 놈들은 썩은 피 냄새를 좋아하니까.

그들의 머리 위에는 200년이 넘게 살아온 거대한 나무가 있어서 쏟아지는 폭우를 막아주었다.

"곤……."

씽은 곤을 따뜻한 눈으로 바라봤다.

형을 바라보는 듯한, 아버지를 바라보는 듯한 온기가 가득한 눈빛이다.

"내가 당신을 지켜줄게."

또르르르.

그때 뭔가가 씽과 곤의 옆으로 굴러왔다.

"이게 뭐지?"

그것은 기하학적인 문양이 그려진 주먹만 한 크기의 돌이었다. 씽은 그 돌을 주웠다. 이리저리 살펴보자 호기심이 생겼다.

어쩐지 가지고 있으면 곤과 자신을 지켜줄 부적이 되어줄 것만 같았다.

씽은 돌을 품속에 넣었다.

"언제나 당신 곁에 있을 거야. 날 용서해 줄 때까지. 그러니까 죽지 마."

씽은 자리에서 일어나 어둠이 짙게 깔린 숲 속으로 사라졌다.

얼마의 시간이 지났을까.

쏴아아아아!

콰르르르릉!

빗줄기는 좀처럼 멈출 생각을 하지 않고 천둥과 번개는 계속됐다.

곤은 얼굴 근육을 일그러뜨리며 눈을 떴다. 뒤통수가 심하게 아파왔다. 손을 들어 뒤통수를 매만지자 꽤나 강하게 맞았는지 혹이 크게 나 있다.

이 혹을 만든 자!

볼튼.

그를 생각하자 머리 전체가 울리며 욱신거렸다.

그자가 대학살을 벌인 것이 확실함에도 아직도 믿어지지가 않았다.

부족 내에서는 모든 것을 가진 자가 볼튼이었다.

젊은 오크 중에서 최강이라는 강력한 무력.

사냥이 끝나면 물려받게 될 용자의 칭호.

어쩌면 족장이라는 명예까지 받을 수 있었다.

워낙 뛰어나서 다른 오크들과 비교 자체를 불허하는 존재가 왜 이런 짓을 저질렀단 말인가.

그것은 놈의 입을 통해서 직접 듣는 수밖에 없었다.

콰르르릉!

곤은 바위에서 일어났다.

"음."

주위를 둘러보았다. 이곳은 목책으로 둘러싸인 거점이 아니었다. 그곳과는 전혀 상관없는 곳. 외진 산 중턱에 누워 있었다.

마치 누가 옮겨놓기라도 한 것처럼.

"뭐야? 이게 어떻게……."

곤은 자신이 왜 이곳에 있는지 그 이유를 알지 못했다.

"평평, 나와."

"응, 주인."

상황을 짐작하고 있는 평평은 평소와 다른 조심스러운 말투로 대답했다.

"무슨 일이 있었지?"

"나도 몰라. 주인이 정신을 잃으면 마나의 흐름이 끊기잖아. 그럼 나 역시 듣지도 보지도 못해. 대신 짐작은 할 수 있지."

"뭐?"

"주인 말고 모든 오크가 죽었다는 것."

"믿을 수 없어. 직접 확인해야겠어."

그는 어둠으로 뒤덮여 있는 산중턱을 바라봤다. 꽤나 많은 비가 쏟아졌지만 목책을 뒤덮은 불길은 아직도 꺼지지 않고 있었다.

곤은 재빨리 산을 내려갔다. 어둠이 짙게 깔려 있어 산을 내려가기가 쉽지 않았다.

몇 번이나 넘어지고 무릎이 까지고 나서야 거점에 도달할 수 있었다.

후드드득.

불길이 조금씩 줄어들었다.

곤은 목책 안으로 들어섰다. 바닥에는 낙뢰에 맞아서 타버린 데스 웜과 수많은 벌레로 가득했다.

그들이 타는 냄새로 인해서 속이 울렁거렸다.

곤은 움막으로 다가갔다. 움막 안에는 타다 만 시체가 곳곳에 놓여 있었다.

그들은 오크였다.

하지만 형체는 완전히 망가져서 알아볼 수가 없었다. 조금 전까지만 하더라도 대화를 나누던 상대들인데…….

정화의 전사 헝가스, 튜린, 말론…….

단 한 명도 살아남지 못했다.

"우우우욱!"

곤은 갑작스럽게 밀려오는 구토를 참지 못하고 속에 있는 것을 모두 게워냈다.

하늘에 부서진 달이 떠 있을 때처럼 지금도 이 상황이 믿기지가 않았다.

곤은 떨어지려는 눈물을 억지로 참아냈다.

Chapter 8. 악의 시대

터벅터벅.

곤은 먹지도 쉬지도 않고 걸었다.

정글을 헤맬 때는 그토록 허기가 지더니 지금은 그런 생각이 전혀 나지 않았다. 그의 머릿속에는 오로지 코일코와 꼬마들의 생사뿐이었다.

그 아이들이 겪었을 공포를 생각하니 마음이 갈가리 찢어지는 것 같았다.

갑자기 무너진 방어의 경계, 마을 내부로 들이닥친 오크 무력 집단과 리자드맨, 그리고 어린아이들이 목격했을 대학살.

곤은 고개를 가로저었다.

그런 일이 있어서는 안 되었다.

곤은 나흘 밤낮을 쉬지 않고 걸었다.

한 끼도 먹지 못했다.

제아무리 곤이라고 해도 먹지 않고, 자지 않고, 마시지 않고 버틸 수는 없었다. 쓰러져 쉬고 싶은 마음이야 간절했지만 쉬는 것은 나중에 언제라도 할 수 있었다.

'지금은… 지금은 아니다.'

드디어 마을 입구가 보였다. 태양빛이 강하게 내리쬐었다. 평상시와 다름없는 평화로운 모습이다.

마을 입구에 놓인 거대한 사자 모양의 석상이 보였다. 그것은 살롱쿠기가 만들어놓은 결계이다.

하지만 석상의 머리는 반이 쪼개져 깨져 있었다. 누군가 강제로 깬 것이 확실했다. 아마 마을 뒤쪽에 있는 유니콘 석상도 깨져 있을 것이다.

불길함은 현실이 되어 다가왔다.

마을에서 풍겨오는 이 냄새는 죽음의 냄새였다.

"아, 안 돼."

어금니를 꽉 깨문 곤은 걸음을 빨리하며 마을 내부로 들어섰다. 마을 외곽을 감시할 수 있는 초소를 지나고 몇 채의 움막을 지나 광장에 이르렀다.

"흡."

곤은 자신도 모르게 손으로 입을 막았다.

터지려는 비명을 억지로 참아냈다.

곳곳에서 오크의 시체가 목격되었다. 그들이 누구인지 곤은 대번에 알 수가 있었다. 코일코의 아버지인 그루젤리, 마을의 장로급들과 은퇴한 오크들은 예외 없이 죽임을 당했다. 젊은 오크들은 거의 보이지 않았다.

노예로 끌려간 모양이었다.

마을엔 적막감이 감돌았다.

얼마 전까지만 하더라도 밝고 건강하던 마을이라는 것이 믿기지가 않았다.

그리고 마을 중앙에는 누군가가 나무로 된 십자가에 못 박혀 걸려 있었다.

곤은 그가 누구인지 한눈에 알아보았다.

"사, 살롱쿠기."

곤은 급히 광장 앞으로 다가갔다.

살롱쿠기는 신음을 흘렸으나 의식이 없었다. 그는 살롱쿠기를 십자가에서 내렸다. 제대로 지혈도 하지 않아 잘린 팔다리에서 엄청난 피가 흘러내렸다.

그럼에도 그는 얕은 숨을 내쉬고 있었다.

아직 살아 있었다.

"살롱쿠기, 살롱쿠기!"

곤은 살롱쿠기를 간절히 불렀다.

제발 눈을 뜨라고, 이렇게 죽으면 안 된다고.

생명의 신 단가가 그의 바람을 들어준 것일까. 살롱쿠기의 눈이 아주 조금 떠졌다. 하지만 초점이 맞지 않았다. 이미 생명력이 다한 것이다.

"누… 구……?"

제대로 숨도 쉬어지지 않는 작은 목소리가 살롱쿠기의 입에서 흘러나왔다. 쇠를 긁는 소리처럼 들렸다.

"접니다, 곤."

"아, 인간……."

눈동자가 돌아간다. 흰자만 보였다. 눈가의 경련이 심해졌다.

"생존자는, 생존자는 어디에? 코일코는 어디에 있습니까?"

곤은 다급하게 물었다.

"모두… 모두 잡혀갔다."

곤의 주먹이 강하게 쥐어졌다.

"살아 있습니까?"

생존해 있기만 하면 된다. 목숨만 붙어 있다면 무슨 수를 써서라도 코일코를 구출할 생각이다.

"인간… 우리 종족을 구해줄 것인가?"

언제나 지혜롭던 살롱쿠기의 목소리가 떨려 나왔다. 이제껏 자연과 더불어 살아온 그다. 그가 바라는 세상은 아주 작은 것이었다.

오크들이 평화롭게 사는 것.

그의 소중한 작은 꿈은 같은 오크들로 인해서 산산조각이 나고 말았다. 살롱쿠기의 깊은 분노는 곤이 짐작도 할 수 없을 것이다.

"모르겠습니다. 하지만 제 목숨을 다해서 코일코만큼은 구해내겠습니다."

곤은 살롱쿠기의 손을 잡으며 말했다.

"고맙네, 고마워."

안심을 했기 때문일까, 마지막 말을 전했기 때문일까.

살롱쿠기의 입술에서 옅은 미소가 흘러나왔다. 동시에 그의 의식이 곤에게 주입되기 시작했다.

"크! 뭐, 뭐야?"

놀란 곤이 살롱쿠기의 손에서 자신의 손을 떼려고 했다.

하지만 살롱쿠기는 손을 굳게 잡고 놓아주지 않았다. 마지막 힘을 모두 쏟아붓고 있는 것이 느껴졌다.

"곤… 나의… 마지막… 마지막… 부디 훌륭한… 샤먼이 되어주게."

곤은 눈을 감은 채 살롱쿠기의 지식을 상당수 흡수했다. 지금까지 익힌 경험과는 비교도 안 되는 방대한 양의 지식이 그의 뇌리 한구석에 쌓여갔다.

그리고.

툭.

곤의 손을 잡고 있던 살롱쿠기의 손이 바닥으로 떨어졌다.

살롱쿠기는 눈을 뜬 채 숨을 멈췄다.

마지막은 언제나 인자하던 샤먼의 모습이 아니었다.

그가 죽음 직전까지 가지고 있던 것은 오크족을 멸망으로 몰아넣은 자들에 대한 분노였다.

그 마음이 충분히 곤의 마음에 와 닿았다.

"크흐흑."

처절한 분노가 심연에서부터 끓어올랐다.

"놈들은……."

어깨의 상처가 점점 벌어진다. 한동안 멈춰 있던 육체에 대한 침식이 발동한 것이다.

"반드시……."

독 내기가 움직였다. 그것은 곤의 감정에 따라 혈도를 따라 움직이기 시작했다.

"모조리……."

곤의 두 눈동자가 녹색으로 물들었다.

"죽여 버리겠습니다."

광채가 점점 더 강해졌다.

* * *

오크 도시 뮤질란에서 파견된 한 개 분대가 얼마 전 약탈에 성공한 황색 오크 부족 마을로 들어서고 있었다.

그들이 마을로 들어서는 이유는 단 하나였다. 생존자의 발견.

마을을 쑥대밭으로 만들었지만 벌레처럼 생존자는 반드시 존재했다. 그들을 내버려 두게 되면 뮤질란에 위해가 될 수 있었다.

그렇기에 뮤질란의 오크들은 마을을 초토화시킨 후 반드시 다시 한 번 그곳을 확인했다.

"잠깐, 모두 서."

가장 선두에 서 있던 부대장 그레이가 손을 들어 병사들을 멈추게 했다.

"왜 그러십니까?"

그레이의 오른팔 격인 덩치 큰 쿤타가 그레이에게 물었다.

"여기 앞."

그레이가 마을 입구를 가리켰다.

"여기 앞이요?"

"그래, 살기가 느껴진다."

"대형 몬스터가 있습니까?"

충분히 가능성이 있는 말이었다. 시체를 처리하지 않았다면 데스 웜은 물론이고 냄새를 맡은 몬스터들이 이곳에 있을지도 몰랐다.

"아니, 그 정도는 아니야. 미약한, 아주 미약한 살기다."

그 말은 내부에 생존자가 있다는 소리였다. 항상 이러했다. 모조리 쓸어버렸다고 해도 꼭 몇 놈은 바퀴벌레처럼 질기게 살아남아 있었다.

그렇기에 자신들이 있는 것이다.

청소를 해야 했다.

하지만 생존자를 찾기란 쉽지 않을 듯했다. 너무나 심한 안개로 인해서 한 치 앞도 보기가 쉽지 않았다.

"전사 놈들이 숨어 있을지 모르니 모두 조심해서 돌입하라."

"그러지요."

그레이와 오크들은 안개로 가득 차 있는 마을 안으로 들어섰다.

"생존자를 찾아라. 어린아이나 여성이면 잡아서 데려오고 수컷이면 죽여라."

쿤타의 명령이 떨어졌다. 그의 명령을 받은 리자드맨들이 사방으로 흩어졌다.

그레이와 전투 오크들은 계속해서 앞으로 걸어갔다.

안개는 점점 더 강해졌다.

이제는 앞이 보이지 않을 정도이다.

"뭔가 찜찜한데요."

쿤타가 작은 목소리로 말했다. 작은 목소리지만 듣지 못한 오크는 없었다.

그들이 서 있는 곳은 너무도 조용했다. 그 흔한 풀벌레 소리도 들리지 않았다.

말 그대로 적막.

오크들의 발소리와 숨 쉬는 소리밖에 들리지 않았다.

"어쩐지… 호흡도 가빠지는 것 같고……."

쿤타만 그런 것이 아니었다. 다른 오크들도 숨이 막히는 듯했다. 몇몇은 심하게 기침을 하기도 했다.

그들은 조심하며 계속 걸었다. 언제라도 출수할 수 있게끔 양손에는 도끼와 방패를 들었다.

이런 음습한 분위기는 질색이었다.

어느새 그들은 마을 광장에 도착했다. 마을 안쪽으로 들어가자 안개가 조금 옅어졌다. 바로 앞까지 보지 못할 정도는 아니었다. 황색 오크들이 거주하던 천막의 형태가 보일 정도는 되었다.

시야가 확보되자 조금 더 빠르게 안쪽으로 전진했다.

"음."

누군가의 신음이 흘렀다.

마을 광장에는 처참한 광경이 벌어져 있었다. 노예를 잡는 선발대가 마을의 늙은 수컷들을 모조리 죽여서 이곳에 쌓아둔 것이다.

"생존자가 없나 확인해 봐."

그레이가 명령을 내렸다.

명령을 받은 쿤타와 두 명의 전사가 시체가 쌓인 곳을 향하여 천천히 걸어갔다. 시체를 좋아하는 데스 웜이 파먹은 흔적은 보이지 않았다.

그들은 단검을 꺼내 시체들을 일일이 찔러보았다. 살아 있는 오크가 있는지 확인해 보기 위함이었다.

칼로 찔러도 움직이는 존재는 없었다.

"부대장님, 모두 죽었습니다."

"그래?"

쿤타의 말에 그레이는 고개를 갸웃거렸다. 분명 마을에 들어서기 전에 미약한 살기를 느꼈다.

잘못 느낀 것일까.

그때였다.

크르르르르.

세 마리의 리자드맨이 허겁지겁 그레이를 향해 달려왔다. 어지간해서는 두려움을 모르는 리자드맨의 눈빛으로 보아 꽤나 놀란 모양이었다.

쐐애애액!

그때 안개를 뚫고 긴 휘파람 소리가 들렸다.

퍽!

안개를 뚫고 날아간 것은 화살이었다. 화살은 정확히 리자드맨의 이마를 꿰뚫었다.

쐐애애액! 쐐애애애액!

두 발의 화살이 더 날아왔다. 화살은 리자드맨의 목과 가슴에 박혔다. 목을 뚫린 리자드맨은 즉사했다. 그러나 가슴을 맞은 리자드맨은 큰 상처를 입지 않았는지 손으로 화살을 뽑았다.

크르르르르.

그러나 화살을 뽑은 리자드맨의 입에서 거품이 나오며 턱을 타고 침이 질질 흘렀다. 눈이 휙 뒤집히며 사지를 부들부들 떨더니 곧이어 뒤로 넘어간 후 다시는 일어서지 않았다.

"적이다! 적이 남아 있다!"

그레이는 부대원들을 향해 소리를 질렀다. 그러나 한발 늦었다.

다시 날아온 세 발의 화살이 쿤타와 오크들을 명중시켰다.

"이까짓 화살!"

쿤타는 이를 악물며 화살을 뽑아냈다. 뽑아낸 상처에서 피가 분수처럼 솟구쳤지만 개의치 않았다.

"크헉."

그러나 죽음도 두려워하지 않을 것 같던 그가 목을 부여잡았다.

"수, 숨을 쉬기 어려워."

쿤타의 안색이 점점 창백하게 변해갔다.

그의 얼굴에 하나의 기포가 생겼다.

하나, 둘, 셋.

기포가 얼굴 전체를 뒤덮었다. 얼굴을 뒤덮은 기포는 점점 목 아래로 내려갔다.

"으으윽, 가려워. 가려워."

그는 도끼를 땅에 떨어뜨리고 손톱으로 얼굴을 긁었다. 기포가 터지며 그를 녹였다. 입에서는 거품이 부글부글 끓고 흰색 눈동자만 보였다. 사지가 바들바들 떨렸으며 혈관이 불끈불끈 튀어나왔다.

"크아아악!"

쿤타와 병사들은 바닥에 쓰러진 채 처절한 비명을 질렀다. 그것도 잠시, 그들의 움직임이 멈추었다.

"독이다."

그레이는 눈살을 찌푸렸다. 화살에 맞고 수 초도 지나지 않아 목숨을 잃었다. 어지간한 맹독을 가진 독충도 이 정도로 빠르게 독을 퍼뜨릴 수는 없었다.

전사 중에 독을 쓰는 자는 찾아보기 힘들었다.

그럼 샤먼일까?

더군다나 상대는 안개를 벗 삼아 완벽하게 모습을 감추고 있다.

"모두 전투 준비."

그레이는 도끼를 움켜쥐었다. 살아남은 오크들이 긴장하며 그레이의 주변으로 모여들었다.

저벅저벅.

발소리가 메아리치듯이 들려왔다.

곧이어 안개를 뚫고 한 명의 사내가 모습을 드러냈다. 그는 오크가 아니었다.

"인간?"

이상한 일이었다. 뮤질란과 인간은 사이가 좋은 편이다. 뮤질란은 인간에게 노예를 팔았고 인간은 그들에게 물질적인 풍요를 주었다.

상부상조하기에 얼굴 붉힐 일이 거의 없었다.

그런데 갑자기 나타난 것은 분명 인간이었다. 인간은 쓰러져 있는 리자드맨과 쿤타의 몸에서 화살을 뽑아낸 후 피를 털었다. 그것을 화살집에 넣은 후 그레이를 바라봤다.

인간은 그레이를 향해 하얀 이빨을 보이며 웃었다.

안개가 자욱하기는 하지만 지리를 구분하지 못할 정도는 아니었다. 형태가 어렴풋이 보인다. 곤은 나무에 올라 마을로 들어서는 적들을 느꼈다.

"이 마을 사람들이 아니야."

곤의 어깨에 올라 있는 펑펑이 조용히 말했다. 곤은 고개를 끄덕였다. 더 이상 마을을 방문할 수 있는 황색 오크족의 오크는 존재하지 않는다는 것을 알고 있다.

마을 안에 들어선 자들은 무조건 적이었다.

곤은 손바닥에 상처를 냈다. 붉은 피가 흘러나왔다. 그는 화살촉에 피를 묻혔다. 이미 독인이 되었다는 것쯤은 예전에 알고 있었다.

단지 얼마나 치명적인 독성을 가졌느냐는 알지 못했다.

이제 이것으로 확실히 알게 되겠지.

화살을 시위에 걸어 어렴풋이 형태가 느껴지는 곳을 향해서 쏘았다.

화살이 안개 속으로 사라졌다. 이윽고 안개 너머로 비명이 터져 나왔다. 저것들이 우왕좌왕한다. 화살 공격을 당했으면 재빨리 엄폐물을 찾아 몸을 숨겨야 하지만 상대는 꽤나 머리가 나쁜 모양이었다. 몸을 드러내며 뭉친다.

웃기는 것들.

곤은 연달아 화살을 쏘아냈다. 날아간 화살은 상대를 정확하게 꿰뚫었다. 순식간에 대여섯 명의 상대가 쓰러졌다.

한 발당 한 마리.

급소를 맞지 않는 한 어지간해서 화살 한 발에 죽지는 않았다. 저들이 제대로 된 반항도 하지 못하고 쓰러져 죽은 이유는 하나뿐이었다.

곤의 피 속에 섞여 있는 독성이 그만큼 강하다는 것이었다.

그것이 지금은 꽤나 유용했다.

"호호호, 정말로 멍청한 것들이야. 이제 상황 파악이 됐나 보네. 도망치는 것을 보면."

세 마리가 도망간다.

도망을 간다고 하지만 곤이 있는 나무 위로 다가오는 꼴이 되고 말았다.

표적을 맞추기가 더욱 쉬워졌다. 곤은 자신의 피를 묻힌 화살을 당겼다.

"너는 누구지?"

그레이가 곤을 보며 물었다. 곤은 아무런 대답도 하지 않았다. 대신 그의 어깨에 올라와 있는 펑펑이 대신 대답해 주었다.

"와, 시체가 말을 한다."

그레이의 미간이 좁혀졌다. 인간의 어깨 위에 올라가 있는 것은 분명 물의 정령 운디네였다. 하지만 운디네의 색이 너무도 요상했다.

푸른색이 아닌 짙은 녹색.

고유의 색을 잃어버린 정령이란 들어본 적도 본 적도 없는 그레이다.

"도대체가 인간이 왜 이곳에 있는지 알 수가 없군. 표정으로 보아 대답할 생각은 없어 보이는데."

"당연하지, 등신아. 시체 따위에게 해줄 말은 필요치 않아."

펑펑이 대신 대답했다.

"그럼 사로잡아서 팔과 다리를 자른 후 대답을 듣겠다."

그레이의 눈빛이 서늘하게 변했다. 그의 기질이 변하자 오크 전사들이 곤을 향해서 움직였다.

그들이 곤에게 다가갔을 때다.

"병신들, 곤은 평범한 인간이 아니라고. 너희보다 훨씬 강한 접근전의 강자라고."

"변축."

펑펑의 말이 끝남과 동시에 곤의 다리가 크게 휘둘러졌다. 정점에 도달한 그의 다리가 급격하게 꺾이며 하강했다.

오크 전사가 급히 팔을 들어 막으려고 했지만 늦고 말았다. 곤의 변축에 맞은 오크 전사의 목이 우드득 소리를 내며 부러지고 말았다.

곤은 쓰러지고 있는 오크 전사의 가슴을 밀었다. 목이 부러져 숨을 거둔 오크 전사는 쉽게 뒤로 밀렸다. 뒤편에 있던 오크 전사들은 엉겁결에 그를 받고 말았다.

"멍청이들이네."

펑펑의 말과 함께 곤은 죽은 오크 전사의 등을 밟고 한 바퀴 회전했다.

푸식! 푸식!

살점 잘리는 소리가 들린다.

"크르르륵."

오크 전사들은 들고 있던 도끼를 바닥에 떨어뜨리고 목을 부여잡았다. 손가락 사이로 상당한 양의 피가 샜다. 목이 위와 아래로 갈라지고 있었다. 이미 생명력이 빠져나간 그들로서는 갈라지고 있는 목을 부여잡을 수가 없었다.

털썩.

이윽고 그들의 머리가 떨어졌다.

오크들의 큰 덩치로는 불가능한 곡예와 같은 기술이었다.

"너, 너는 누구냐!"

"맞혀보랑께."

펑펑의 말에 약이 올랐기 때문일까. 오크 전사들을 모두 잃은 상태에서 그레이는 흥분하여 양손도끼를 휘둘렀다. 붕 소리가 크게 울릴 만큼 강한 일격이었다.

곤은 발가락에 힘을 주며 앞으로 튀어나갔다. 그동안의 단련으로 하체의 힘이 무척이나 좋아졌다. 그는 가속하며 그레이의 품 안으로 파고들었다.

곤의 입술이 뒤틀렸다.

저 무거운 양손도끼를 아무렇게나 휘두르는 것으로 보아 상대의 힘은 상당히 강했다. 어쩌면 볼튼을 능가할지도 몰랐다.

하지만 그뿐이었다.

예전 오크들을 처음 만났을 때와 다를 바가 없었다. 오직 힘

위주의 전투.

이제 힘만으로는 곤을 잡기 쉽지 않았다.

예상대로 그레이의 양손도끼는 허공을 휘둘렀다. 곤의 옷깃도 스치지 못했다.

그레이의 품으로 파고든 곤은 팔꿈치로 그의 명치를 가격했다.

퍼억!

아마도 날카로운 송곳이 육체를 꿰뚫는 고통을 느낄 것이다.

"크아악!"

그레이는 고통스러운 듯 비명을 지르며 뒤로 물러났다. 틈을 놓치지 않고 곤은 손도끼로 그의 무릎을 내리찍었다.

꽈직!

무릎이 박살이 나며 반으로 쪼개졌다.

"크아아악!"

훨씬 더 큰 비명.

그는 무릎을 잡고 쓰러졌다.

곤은 천천히 다가가 그레이의 목에 발을 얹었다. 다리에 힘을 주자 그는 컥컥 소리를 내며 괴로워했다.

"잡아간 마을 오크들은 어디에 있나?"

"크흑! 무슨 소리를 하는 거야? 도대체 넌 누구냐?"

"묻는 말에만 대답했으면 좋겠군. 잡아간 마을 오크들은 어디에 있나?"

"도대체 왜 인간이 여기에 있는 거야? 이 마을 오크들과는 무슨 관계냐?"

"우와! 이 아저씨, 상황 판단 느리네. 지금 무슨 상황인지 이해가 안 가나 봐."

펑펑이 이죽거렸다.

곤은 손도끼를 들어 그레이의 어깻죽지를 내려쳤다. 어깨가 반으로 쪼개졌다. 손도끼를 빼내자 한쪽 팔과 몸통이 완전히 분리되어 있다.

그 사이로 엄청난 양의 피가 흘러나왔다.

"크아아아악!"

자신의 팔이 잘려 나가는 것을 두 눈으로 목격한 그레이가 고개를 좌우로 흔들며 미친 듯이 비명을 질렀다.

"대답하기 싫나?"

그레이는 거친 숨을 몰아쉬며 곤을 보았다. 뮤질란에서 많은 인간을 보았다. 상대는 인간이 확실했다.

하지만 녹색 눈동자를 가진 자는 본 적이 없었다.

기괴하고도 잔인한 눈빛.

곤은 다시 손도끼를 휘둘렀다. 그의 손속에는 조금의 머뭇거림도 없었다.

퍼걱!

남은 무릎뼈가 박살이 났다.

"커커커컥!"

인간이었다면 진작 죽었을 상처지만 강인한 생명력을 가진 오크답게 아직까지도 숨이 붙어 있었다. 그것이 더욱 그레이를 고통스럽게 했다.

"차, 차라리 죽여줘."

"죽고 싶나? 그럼 마을 오크들이 어디로 갔는지 말을 해."

"아, 안 돼, 그것만은."

곤은 주머니에서 소금을 꺼냈다. 소금이 어떤 역할을 하는지 그는 잘 알고 있다. 살이 지져지고, 불에 타고, 전기에 감전되고, 칼로 육체를 난도질당하는 것만큼이나 강력한 고통.

그것은 상처 부위를 소금에 절이는 것이었다.

소금이 조금씩 상처 부위로 떨어졌다.

"크아아아아악!"

그레이는 곤조차 감당할 수 없을 만큼 맹렬하게 몸부림치며 고통스러워했다.

"제, 제발, 제발 죽여줘!"

"그럼 말해. 모두 어디로 데려간 거냐?"

"으으윽, 그들은……."

* * *

"그동안 고마웠어요. 아이들은 제가 구할게요."

곤은 들고 있던 횃불을 시체 더미 안에 던져 넣었다.

화르르르르!

시체는 빠르게 불타올랐다. 그 안에는 이곳에서 적응을 할 수 있게 도와준 고맙고 소중한 존재들이 섞여 있다.

새로운 가족.

그들을 이렇게 만든 놈들을 도저히 용서할 수가 없었다.

가장 용서할 수 없는 놈은 볼튼.

이제는 놈이 왜 마을 사람들을 배신했는지 궁금하지도 않았다.

그저 어서 빨리 놈을 찾아서 죽이고 싶은 마음뿐이었다.

그러고 보니 시체 더미 속에 놈의 아버지도 없었다. 이름이 케르만이라고 했던가.

어쩌면 볼튼만 배신한 것이 아닐 수도 있었다. 마을에서는 케르만이 뮤질란 놈들을 끌어들이고, 사냥을 나간 전사들은 볼튼이 뒤를 쳤을지도 몰랐다.

충분히 가능성 있는 가설이었다.

곤은 대장간을 찾았다. 대장간 문을 열자 서늘한 느낌이 들었다. 1년 내내 불이 꺼지지 않는 유일한 곳이지만 지금은 주인을 잃었다.

대장장이 키론.

그와는 꽤나 친했는데 이제는 다시 보지 못한다.

그는 손도끼와 단검을 다수 챙겼다. 창은 너무 무거워 사용하지 않기로 했다.

식량을 챙기려고 했지만 오크들의 주식인 포티노 하나 남아있지 않았다.

마을을 습격한 놈들이 모조리 쓸어간 모양이다. 식수도 구할 수가 없었다. 놈들이 마을 우물에 독을 풀었기 때문이다.

독이 곤의 육체를 중독시킬 수는 없었지만 찜찜한 마음이 들어 마시는 것을 포기했다.

가장 중요한 천종산삼도 빼놓지 않고 챙겼다. 모든 것을 챙긴 그는 어깨를 보았다. 녹색의 상처가 점점 퍼지고 있었다. 지금은 상체의 상당 부분을 차지했다.

이것으로 확실해졌다.

독의 힘을 쓰면 쓸수록 어깨의 녹색 상처가 커진다는 것을.

혹시 독에 잠식당하는 것은 아닐까.

곤은 고개를 흔들었다. 설사 그렇다고 하더라도 독 내기를 쓰지 않을 수는 없었다.

혜인이에게 돌아가기 전 반드시 코일코와 어린 오크들을 구출해야만 했다.

최소한 그것이 자신을 살려준 오크들에 대한 예의였다.

아니, 가족에 대한 예의였다.

가족을 해한 자는 죽어 마땅했다. 복수를 하는 것이 당연했다.

그리고 그놈.

"이제 사냥을 당할 놈은 너야, 볼튼."

후드를 깊게 눌러쓴 곤은 오크 도시 뮤질란이 있는 동쪽을 향해서 걷기 시작했다.

Chapter 9. 죽어야 하는 이유

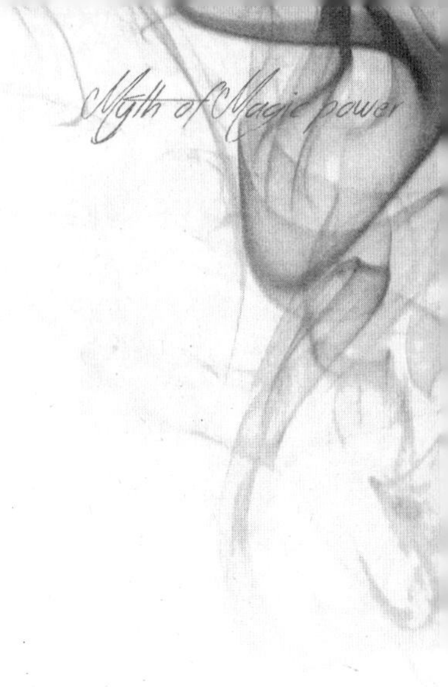

인간을 사냥하는 것과 동물을 사냥하는 것은 같다. 그런데 왜 인간을 사냥하는 것은 금기시되고 동물을 사냥하는 것은 당연시되는가.

권력을 잡은 자들은 지금도 죄책감 하나 없이 같은 민족을 왜놈에게 팔아먹고 있는데.

왜놈들은 팔아넘겨진 민족의 피를 끊임없이 빨아먹고 있는데.

약하다고 벌레처럼 꿈틀거리며 살아야 하는가.

밟으면 밟히며 살아야 하는가.

절대로 그럴 수는 없었다.

이제는 내가!

밟히는 자가 분노하면 어떻게 되는지 내가 보여주겠다!

*　　*　　*

파르티와 샤콘은 볼튼과 떨어져 본대로 향하는 중이었다.
그들이 전달할 사항은 본대를 쫓고 있는 미친 호랑이 한 마리에 대해서였다.
왜 호랑이족 수인이 그들을 쫓는지는 알 수가 없었다. 그들이 느낀 것은 단 하나.
깊이를 알 수 없는 살의.
오직 오크들을 향한 깊은 살심이었다.
볼튼과 합류한 오크 전사의 반수가 당했다. 사냥을 당했다는 편이 옳을 것이다. 놈을 잡기 위해 온갖 방법을 다 써봤지만 하나도 통하지 않았다.
놈은 오크들을 비웃듯이 유유자적 함정을 피하며 한 명씩 한 명씩 잔혹하게 살해했다. 견디다 못한 볼튼은 본대에 구조를 요청하기 위해 파르티와 샤콘을 먼저 보낸 것이다.
"지긋지긋한 수인족 놈."
파르티가 이를 갈았다.
"도대체 왜 그 수인족이 저희를 이토록 쫓는 것일까요?"
쫓는 것이 아니라 사냥이다.
그 호랑이 자식은 지금 우리를 사냥하고 있는 것이란 말이다.

특히 놈은 달이 뜬 이후 월등한 능력을 발휘했다. 수인족은 선천적으로 약간의 달빛으로도 낮처럼 볼 수 있는 능력이 있다고 하더니 빈말이 아니었다.

우르그와 호르몬터스는 호랑이가 1m 반경까지 접근하는 것조차 눈치채지 못했다.

호랑이 놈이 접근한 것을 눈치챘을 때는 이미 목이 잘린 후였다.

무력에는 자신이 있는 볼튼조차도 호랑이의 습격에 치를 떨었다. 해가 지고 달이 뜨면 오크들은 제대로 눈을 붙일 수조차 없었다.

"내가 알 게 뭐야. 우리 중 누군가가 놈들과 원수를 졌나 보지."

"음."

샤콘은 곰곰이 생각해 보았다. 자신들이 마을을 배신한 일은 마을 사람 외에는 알지 못했다. 어떤 자는 왜 자신이 죽어야 했는지, 노예로 끌려가야 하는지도 모르고 있을 것이다.

철저한 정보의 차단 덕분에 한 마을을 손쉽게 손에 넣을 수가 있었다.

그러니 이해가 가지 않는 것이다. 도대체 누구에게 이토록 큰 원한을 졌다는 말인가.

후속 부대가 생존자조차 깔끔하게 지워 버렸을 것을.

"더 이상 생각하지 마. 우리는 최대한 빨리 본대와 합류하여 지금 이 사실을 알린다. 다크 샤먼이라면 어렵지 않게 놈을 잡을 수가 있을 거야."

만약 다크 샤먼이 볼튼과 함께 있지 않았다면 진작 전멸했을지도 모른다. 수인족은 주술에 대한 방어력이 떨어졌다. 마치 처음 당해보는 것처럼.

하지만 놈은 점점 진화했다. 이제는 다크 샤먼의 주술에 어느 정도 방어책도 마련한 모양이었다. 시간이 없었다. 놈이 완벽하게 주술에 대응하기 전에 본대의 전사들을 불러내야 했다.

"잠깐."

달리던 파르티가 멈췄다. 그와 나란히 달리던 샤콘도 멈췄다.

그의 앞에 누군가 쓰러져 있었다.

가죽으로 된 옷을 입고 있는 것으로 보아 이종족이었다. 엎어져 있어 얼굴은 보이지 않았다.

"엘프 같습니다."

드워프거나 오크라면 덩치가 커서 한눈에 알아볼 수 있었다. 저렇게 호리호리한 몸매라면 엘프밖에 없었다.

"어쩌죠?"

엘프가 죽었든 살았든 신경 쓸 여유 따윈 없었다.

하지만 엘프들이 목숨처럼 가지고 다니는 '지혜의 돌'은 탐이 났다.

뮤질란과 거래하는 인간들이 가장 고가에 구입한다는 '지혜의 돌'.

기사나 마법사가 가진다면 마나의 보유량을 월등하게 늘릴 수 있고, 현자가 가진다면 지혜를 넓힐 수 있으며, 평범한 인간들이 가진다면 죽을 때가지 병치레를 하지 않고 살 수 있다는 최고가의 아이템이었다.

하지만 '지혜의 돌' 이라고 알려진 그것은 엘프들의 생명, 아니, 심장이었다.

그들은 죽으면 스피릿이 되어 자연으로 돌아간다. 자연으로 돌아가며 남기는 것이 바로 '지혜의 돌' 이었다.

눈앞에 쓰러져 있는 자가 엘프라면 그들로서는 군침을 흘릴 수밖에 없었다.

"확인해 보자."

파르티의 눈빛이 탐욕으로 떠올랐다.

"그러죠."

샤콘도 파르티와 같이 접근했다.

그들은 발소리를 죽이며 쓰러져 있는 자에게 다가갔다. 단순히 의식만 잃고 있는 것이라면 깨어나서 도망칠 수도 있었다.

엘프라는 것을 확인한 후 단숨에 목을 긋고 생명을 끊어야 했다.

그들이 쓰러져 있는 자에게 다가갔을 때다.

순간 그들은 어지러움을 느꼈다. 의지와 상관없이 몸이 앞으로 기울었다. 머리가 빙글빙글 돌며 현기증이 일어났다. 샤콘이 먼저 고꾸라졌다. 바닥의 돌과 부딪쳐 코뼈가 부러졌는지 피가 사방으로 튀었다. 비명은 지르지 못했다.

파르티도 마찬가지였다.

그는 면상이 바닥에 닿기 전에 의식을 잃었다.

"헤헤, 뭐야, 이 아저씨들? 조심성이 없네."

그들의 머리 위로 정령이 내려앉았다.

쓰러져 있던 자가 천천히 몸을 일으키며 말했다.

"욕심은 시야를 흐리게 만들지."

*　　*　　*

파르티는 수십 개가 넘는 '지혜의 돌'을 팔아 어마어마한 부를 손에 넣었다. 그는 막대한 자금을 이용하여 인간들처럼 성을 쌓고 수많은 오크 전사를 밑에 두었다. 오크와 인간, 엘프 여성체들을 끌어 모아 성노예로 삼았다.

식량 걱정 따위는 할 시간도 필요도 없었다.

그는 끝내주는 인생을 살고 있었다.

"파르티."

누군가 그를 불렀다.

아련한 목소리다.

눈꺼풀에 꿀을 발라놓은 것처럼 진득진득하여 눈이 떠지지 가 않았다.

"일어나라, 파르티."

곤은 눈을 감고 있는 파르티의 귓불을 잡아당겼다. 귓불이 찢어졌다.

"크흑."

충격에 파르티는 눈을 뜨고 말았다. 눈을 뜬 그는 멍한 눈으로 주변을 훑어보았다. 무척이나 아쉬워하는 표정이다.

"이야, 이 새끼 표정 봐. 이런 상황에서 꿈이나 처꾸고 있었나 봐."

평평은 못 말리겠다는 듯이 혀를 찼다.

파르티는 자신의 눈앞에 서 있는 청년을 보았다.

"곤?"

"그래."

"살아 있었나?"

"덕분에."

"그건 그렇고, 나를 왜 사로잡았지? 나 같으면 사로잡지 않고 죽여 버렸을 텐데."

"글쎄다. 왜일까?"

곤은 허리를 반쯤 숙이며 파르티와 눈을 마주쳤다. 상대가 곤이라는 것을 안 이상 파르티는 살기를 포기했다. 곤이 살아남았다면 아끼던 친우들의 죽음을 똑똑히 목격했을 테니까.

정글 한복판에서 볼튼이나 본대의 구원군을 기다린다면 그들이 오게 될까?

확률은 극히 희박했다.

살아날 가망은 없었다.

"왜 그랬지?"

곤이 물었다.

"뭘?"

파르티가 되물었다.

곤은 파르티의 턱을 잡고 단검으로 입술 끝을 찢었다. 입술이 찢어지며 상당한 양의 피가 튀었다. 그 사이로 검을 집어넣어 이빨을 도려냈다. 입안이 피로 뭉개지고 말았다.

"크흡."

아찔한 고통에 파르티는 고개를 돌리려고 했지만 곤으로 인해서 움직일 수가 없었다.

"평생을 살아온 친구들을 왜 그렇게 무참하게 죽였나?"

곤은 파르티의 두 눈을 똑바로 보았다. 표정은 여느 때와 별반 다르지 않았지만 눈빛에서는 심한 경멸과 조롱, 분노가 뒤섞여 있었다.

"크흑, 너희 인간은 욕망을 위해서 사는 종족이라지? 우리는 어떨 것 같나? 인간들이 보기에 오직 투쟁만을 위해서 살 것 같아? 어림없는 소리지. 우리도 똑같아. 너희와 같은 욕망 덩어리지."

"무슨 개소리를 하는 거야?"

곤은 파르티의 입술 주변을 도려냈다. 입술 주변의 피부가 사라지자 시뻘건 근육만 남았다.

소름 끼치게 기괴했다.

"내 차례네."

평펑이 날아와 그의 상처 주변에서 날개를 펄럭거렸다. 반짝거리며 가루가 상처에 떨어졌다. 곧이어 파르티의 두 눈동자가 동그래지며 입에 거품을 물었다.

비명도 지르지 못할 정도로 고통스러운 표정이다. 묶인 팔목과 발목을 마구 흔들었다. 피부가 터지는 것도 알지 못했다.

"사, 살려달라는 말은 하지 않겠어. 제발 죽여줘. 제발 고통스럽지만 않게 죽여줘."

조금 전의 고통이 머릿속에서 떠나지 않는 듯 파르티는 공포가 가득한 눈빛으로 곤에게 애원했다. 옆에서 입과 팔다리가 묶인 채 샤콘은 사지를 떨며 지켜볼 수밖에 없었다.

"모든 것을 말해. 그러면 너의 뜻대로 해주지."

곤은 담담히 말했다.

파르티는 곤의 뜻대로 모든 것을 말했다. 볼튼에게 회유되었을 때부터 지금까지의 모든 일을 하나도 빼지 않고 말했다.

용자라 칭송받던 케르만 일가가 왜 마을을 배신하고 동족들을 노예로 팔아넘겼는지 알게 되었다. 거창한 이유가 있는 것이 아니었다.

그저 자신들만 잘 먹고 잘살면 된다는 인간과 같은 극한의 이기심의 발로.

조선을 팔아먹은 지체 높으신 양반들과 별반 다를 것이 없었다.

파르티의 이야기를 모두 들은 곤은 자리에서 일어났다.

"좋아. 하지만 너희는 아직 죽을 때가 아니야. 아직 할 일이 남아 있거든."

*　　　*　　　*

곤과 펑펑은 파르티와 샤콘의 뒤를 느긋하게 쫓고 있었다. 환각독버섯을 삼킨 그들은 지금 제정신이 아니었다. 머릿속은 오직 본대에 도착하여 위험을 알리는 일로 가득했다. 다른 판단을 하기에는 이성적인 생각을 할 수 없었다.

그런 자들을 쫓기란 곤과 펑펑에게 손바닥을 뒤집기보다 쉬운 일이었다.

사박사박.

곤은 최대한 발소리를 죽이며 어둠이 가득한 정글을 걸었다. 정글의 어둠은 한 발자국만 삐끗해도 목숨과 직결이 될 만큼 위험하지만 곤은 크게 개의치 않았다. 무상심법과 독 내기 덕분에 신체가 무척이나 건강해져 어둠이 깔린 정글에서도 어렵지 않게 이동할 수가 있었다.

"이봐, 주인."

펑펑은 곤의 머리 위에 다리를 꼬고 앉아 있었다. 흔들림이 심했지만 떨어질 염려는 없어 보였다. 팔을 괴고 있던 그녀는 뭔가를 깊이 생각하는 눈치다. 이윽고 그녀가 곤을 불렀다.

"왜?"

곤이 대답했다.

"주인은 지금 죽을지도 모르는 길을 가고 있는 거 알아?"

"그래서?"

"적어도 백 명이 넘는 전투 오크들과 다크 샤먼이 있다고. 주인 혼자 그 속에 뛰어들면 어떻게 될 것 같아?"

"날 걱정하는 거야?"

곤이 잠시 걸음을 멈추며 고개를 들었다. 펑펑이 날개를 펄럭거리며 날아올라 곤과 눈을 마주쳤다. 보통이라면 '뭘 봐, 주인 새끼야!' 라는 말이 튀어나왔을 텐데 지금은 그러지 않았다.

한 손으로 머리를 긁적이기도 하고 한숨을 쉬기도 했다.

"걱정은 무슨……."

"걱정이 아니면 왜 그런 걸 물어?"

"그냥 주인이 죽으면 나는 또 정령계로 돌아가야 하고… 언제 새로운 주인이 나타날지도 모르고……."

"걱정 마. 난 절대로 안 죽어."

"저번 주인도 같은 소리를 했어. 자신은 죽지 않는 불사신이라며. 그러니까 자신을 믿으라고 했어."

"죽었어?"

"응. 그 사람도 당신처럼 배신당했어. 형제처럼 지냈던 일곱 명의 친구가 그 사람을 죽이고 마법 아이템을 갈취했어. 그때보다 지금의 상황이 훨씬 안 좋아."

"그래도 난 죽지 않아. 반드시 살아서 본래 있던 세계로 돌아가야 해."

"말로 넘길 수 있는 상황이 아니야. 주인 혼자서 그 많은 오크 전사를 어떻게 하려고. 솔직히 말할게. 주인은 할 만큼 했어. 여기서 도망쳐도 누구 한 명 원망하지 않을 거야."

곤은 손가락으로 펑펑의 뺨을 훑었다. 펑펑은 흔들리는 눈빛으로 곤을 바라봤다.

"네가 무엇을 걱정하는지는 알겠어. 나도 죽고 싶은 생각은 조금도 없어. 자, 이렇게 생각하자고. 우리는 저들과 맞서 싸우는 것이 목적이 아니야. 우리의 목적은 노예로 잡혀가는 마을 오크들을 구해내는 거지."

"그게 그 말 아니야?"

"아니야. 달라. 다시 말하지만 내 목적은 마을 오크들을 구해내는 거야. 저들과 맞서 싸우는 것이 아니라고."

"무슨 계획이 있어?"

"당연하지. 내 목숨 소중한 건 내가 가장 잘 알고 있다고. 너무 걱정하지 마. 생명의 신 단가께서 정말로 계시다면 우리를 보살펴 줄 테니까."

"알았어, 주인. 믿을게. 그러니까 죽지 마."

곤은 부드러운 미소를 지으며 펑펑을 잡아 머리 위로 올렸다. 그녀는 반항하지 않고 얌전히 머리 위로 올라갔다.

"고맙다."

곤은 혼잣말을 삼키듯 작게 중얼거렸다.

파르티와 샤콘은 새벽 동이 틀 때쯤에야 본대에 도착했다. 본대는 넓은 공터에 자리 잡고 있었다.

막사는 세우지 않았다.

오크 전사들은 곳곳에 모닥불을 피워놓고 쭈그린 채 잠을 자고 있었다.

서른 명 정도의 잡혀온 오크들은 팔목과 발목이 묶인 채 옹기종기 모여 있었다.

대부분 꽤나 지쳐 보였다.

제대로 팔과 다리를 펼 수가 없어 거의 포개진 채로 쉬고 있었다.

그들을 지키는 뮤질란의 오크 전사는 두 명이었다. 한 명은 얕은 바위에 앉아 꾸벅꾸벅 졸고 있고 다른 한 명은 연신 하품을 해댔다.

뮤질란에 가까워 오는지 그다지 긴장감을 찾아볼 수 없었다.

파르티와 샤콘이 괴성을 부르며 야영지 안으로 들어서자 그제야 놀란 오크들이 일어났다.

곤은 노예들을 유심히 살폈다.

아직 해가 뜨지 않기도 했거니와 모두 무릎에 얼굴을 박고 있어 식별하기가 쉽지 않았다.

"펑펑."

"말해."

"저들이 우리 마을 오크들인지 확인해 볼 수 있겠어?"

"어렵지 않아. 잠깐만 기다려."

"조심해."

"응."

인간이라면 모를까, 오크들은 정령을 볼 수 있었다. 특히 정령을 자유자재로 다루는 샤먼이 있다면 큰 낭패를 볼 수도 있었다.

파르티와 샤콘 덕분에 지금 야영지 내부가 어수선한 것이 다행이라면 다행이었다.

펑펑은 두 쌍의 날개를 펄럭이며 낮게 날았다.

수풀로 인해 그녀의 모습이 곤의 시야에서 금방 사라졌다. 펑펑은 높은 수풀을 엄폐물 삼아 조심스럽게 야영지 내부로 접근했다.

노예들에게 접근할 때까지 누구도 알아차리지 못했다. 펑펑은 그들을 한 명씩 훑어본 후 곤에게 재빨리 돌아왔다.

"우리 마을 오크들이야?"

곤이 물었다.

"몇몇만. 다른 오크들은 아니야."

"다른 마을 오크들이란 소리야?"

"응, 여러 마을을 뒤섞어놓은 것 같아."

곤은 고개를 끄덕였다. 뮤질란의 오크 전사들보다 노예들이 월등히 많다면 저런 식으로 뿔뿔이 찢어놓은 다음 이동하는 편이 저들의 입장에서는 훨씬 나을 것이다.

그렇지만 시간이 촉박한 곤으로서는 답답할 노릇이었다. 특히 코일코의 생사가 걱정되어 무척이나 초조했다. 혼자서 만드라고라를 캐기 위해 바빌라 고원을 오를 만큼 뚝심과 강단이 있지만 아직 어린아이였다.

어쩌면 어린 치기로 인해 저들에게 덤볐다가 큰 고초를 당할 수도 있었다.

"주인, 어쩔 거야?"

"이곳을 치고 가자."

"가능하겠어?"

"파르티와 샤콘이 잘만 해주면."

본대를 이끌고 있는 2m가 넘는 거대한 덩치의 오크 전사 숄트는 파르티와 샤콘을 바라보고 있었다.

파르티는 누가 보더라도 상처가 심했다. 입술 주변의 살점이 모두 떨어져 나가 혐오감을 주었다.

샤콘의 상처는 심하지 않았지만 눈동자가 풀린 것이 제정신이 아닌 듯 보였다.

이들은 볼튼이라는 자의 수하였다. 볼튼과 그의 아비인 케르만은 자신이 살던 마을을 뮤질란에 바치고 편입된 전사였다.

숄트는 그들을 경멸하지 않았다. 그 역시 뮤질란의 공포정치에서 살아남기 위해 마을을 팔아먹은 전사 중의 한 명이었으니까.

"무슨 일이 있었지?"

숄트가 물었다.

"호, 호랑이족이 저희 부대를 습격했습니다."

입에 상처가 심한 파르티 대신 샤콘이 대답했다.

숄트는 이해가 되지 않는 듯 미간을 좁히며 다시 물었다.

"호랑이족? 그들이 왜? 그들은 늑대족과 한창 전쟁 중인 것으로 아는데. 우리와는 아무런 상관이 없잖아."

"모르겠습니다. 가, 갑, 갑작스런 습격이었습니다. 놈은 무척이나 강했습니다. 아니, 누구였지? 호랑이족이 맞아요. 눈이 시뻘겋고, 이빨도 사납고, 우리를, 우리를 마구 찢어 죽였어요."

횡설수설하는 것도 모자라 계속해서 뚱딴지같은 소리를 한다.

비를 타고 호랑이족이 습격했다느니 죽은 동료들이 구울이 되어 되살아났다느니…….

숄트는 파르티가 충격으로 인해 일시적인 정신착란이 왔다고 여겼다.

그는 고개를 돌려 샤콘을 보았다. 샤콘 역시 눈동자가 흐릿하기는 마찬가지였다. 몇 번을 물어도, 다른 질문을 해도 똑같은 말만 반복했다.

"으으으, 제발 살려주세요. 놈이 와요. 놈이 우리를 다 죽일 거예요."

아예 주저앉아 귀를 막고 고개를 좌우로 흔드는 샤콘이었다.

"이래서는 알아낼 정보가 없겠군. 일단 이들을 데려가 먹을 것 좀 먹여라. 진정이 되면 나아지겠지."

솔트의 명령에 따라 오크 전사들이 그들을 데리고 갔다. 이들 덕분에 모두가 잠에서 깨어났다. 어차피 동도 트고 있으니 대충 아침을 먹고 노예들을 이끌고 뮤질란으로 향할 생각이다.

볼튼이라는 자에게 구조대를 보낼 생각은 없었다. 저들이 저렇게 된 마당에 볼튼과 오크들이 살아 있을 것이라 생각되지 않았다.

지금 그가 해야 할 일은 사로잡은 노예들을 흠집 내지 않고 뮤질란으로 데리고 가는 것이었다.

하루라도 복귀 날짜를 맞추지 못하면 뮤질란을 지배하고 있는 오크 제왕 토르소가 노하게 된다. 동족인 오크들까지 산 채로 씹어 먹는 토르소의 눈 밖에 나고 싶은 생각은 추호도 없었다.

볼튼의 생사보다는 본인의 안전이 최우선인 솔트였다.

평상시보다 일찍 잠에서 깬 오크들은 부지런하게 아침을 준비했다.

오크들은 천성적으로 부지런했다. 원체 외모가 추악하고 호전적이어서 몬스터에 가까운 이종족으로 분류되고 있지만 그들의 근면성만큼은 칭찬해 줄 만했다.

누구 하나 게으름을 피우지 않았다.

장작을 나르고, 모닥불을 피우고, 전날 잡은 사슴과 토끼의 가죽을 벗겨 끓인 물에 넣었다. 인간들은 참기 힘든 특유의 향을 내는 나뭇잎을 따 대충 털어낸 후 끓고 있는 물속에 넣었다.

파르티와 샤콘은 식사를 준비하는 오크들 틈에 앉아 있었다. 누구도 그들에게 일을 시키지는 않았다. 그들에게 신경을 쓰지 않고 있다는 말이 정확할 것이다.

파르티와 샤콘은 품 안에 있는 잘게 찢은 독초를 솥 안에 넣었다. 몇몇 오크가 그것을 보았지만 대수롭지 않게 여기고 넘어갔다.

"자, 어서 식사들 해. 갈 길이 멀다."

고기가 모두 익자 오크들이 삼삼오오 모여앉아 식사를 시작했다. 식사 시간은 짧았다. 식사를 마친 오크들은 먹다 만 뼈를 노예들에게 던져주었다. 노예들은 눈치를 보며 뼈다귀를 주워 조금 붙어 있는 살점을 게걸스럽게 먹었다.

"대충 정리하고 출발한다."

쇼트는 부하들에게 명했다. 오크 전사들은 노예들을 발로 차 일으켜 세운 후 걷게 했다.

그때였다.

쇼트는 머리가 어지러워 오는 것을 느꼈다. 이내 머리가 핑 돌더니 사지가 움직이지 않았다.

"뭐, 뭐야, 이거?"

혀도 마비가 온다. 그는 주위를 돌아봤다. 다른 오크 전사들도 마찬가지였다. 벌써 몇 명은 바닥에 쓰러져 경련을 일으켰다.

"도… 대체… 누가……?"

솔트도 바닥에 쓰러졌다. 여느 때와 똑같은 아침이었다. 이번 사냥에서는 마을 세 곳을 쑥대밭으로 만들고 수백 명에 달하는 노예를 얻었다.

이번 사냥은 벌이가 꽤 괜찮았다.

아이들과 여성체가 반수 가까이 됐으니까. 노예들의 숫자가 상당하여 혹시 모를 사태에 대비해 본대를 세 개로 나눴다. 노예들을 뒤섞어야만 운반하기가 쉬웠다.

모두가 겁을 먹어 고분고분하게 말을 들었다. 노예들이 독을 풀 가능성은 없었다.

그럼 누가?

변수는 하나밖에 없었다.

혼이 반쯤 달아난 파르티와 샤콘이 이곳에 도착한 것. 그렇다면 그들이 마비초를 음식에다 풀었다는 말인가?

왜?

그럴 이유가 하나도 없었다.

솔트는 눈동자를 움직여 파르티와 샤콘을 바라봤다. 그들은 멍하니 자리에 앉아 있다. 무슨 일이 벌어졌는지조차 알지 못하는 표정이다.

쐐애애액!

조용한 아침의 정적을 깨우는 파공음 소리가 들렸다. 공간을 찢은 두 발의 화살이 파르티와 샤콘의 목줄기를 꿰뚫었다. 그들은 비명도 지르지 못하고 쓰러졌다.

즉사였다.

쐐애애액!

화살이 날아오는 소리가 계속해서 들렸다.

화살은 아직 마비가 되지 않은 오크들의 심장과 목을 정확히 관통했다.

마비로 인해서 제대로 움직이지 못하는 오크들은 제대로 된 저항도 하지 못하고 표적이 되어갔다.

이제 서 있는 오크는 없었다.

노예들만이 공포에 젖어 머리를 숙인 채 부들부들 떨고 있을 뿐이었다.

해가 졌을 때부터 동이 틀 때까지 시끄럽던 벌레들의 울음소리가 거짓말처럼 멈췄다.

새벽녘의 청량한 공기지만 무척이나 무겁게 느껴졌다. 이질적인 기운이 다가오고 있었다. 숄트도 이런 기운에 대해서 잘 알고 있었다.

극단적 살의.

어린 오크들을 부모 앞에서 죽였을 때 부모들이 보인 그것.

남편 앞에서 아내를 강간했을 때 남편이 보인 그것이다.

두려움이 아닌, 제 목숨도 아랑곳하지 않고 드러내는 강렬한 적의.

저벅저벅.

그것을 가진 누군가가 다가오고 있었다.

"이야, 주인, 정말 쉽네. 수십 마리나 되는 오크 전사를 이렇게나 쉽게 잡을 수 있다니. 주인의 머리가 아주 비상해."

산들바람처럼 가벼운 여성의 목소리가 들렸다. 손가락 하나 까딱할 수 없는 쏠트는 눈동자를 움직여 목소리가 들린 곳을 바라봤다.

녹색 정령 하나가 쓰러진 오크들 머리 위로 날아다니고 있었다.

그리고 손도끼를 들고 있는 인간 한 명.

퍽!

인간이 쏠트와 멀리 떨어지지 않은 오크의 목을 손도끼로 내려쳤다.

오크의 목이 데굴데굴 굴러 쏠트의 눈앞으로 굴러왔다. 쏠트의 오른팔 격인 오크는 두 눈을 뜬 채 죽었다. 죽은 오크의 두 눈동자와 마주친 쏠트는 온몸의 털이 곤두서는 것을 느꼈다.

인간은 쓰러진 오크들을 모조리 죽였다. 꽤나 솜씨가 좋은지 목뼈를 단번에 절단했다.

이제는 쏠트 차례였다.

"그런데 주인, 마을 오크들을 찾으려면 다 죽이면 안 되잖아. 다른 오크 부대가 어디 있는지 알아봐야지."

정령이 인간에게 말했다.

"그래, 정령 말이 맞아. 나에게 물어봐. 살려만 준다면 무엇이든 말해줄 테니까."

"필요 없어."

"왜?"

"저기."

인간이 노예들을 가리켰다.

"저들이 뭐?"

"저들도 귀가 있다면 본대가 어디로 갔는지는 들었을 테니까."

절망적인 소리였다.

말을 마친 인간이 숄트에게 다가왔다.

"안 돼! 안 돼! 모든 것을 가르쳐 줄 테니까 제발! 제발 목숨만은 살려줘!"

숄트는 자신의 마음이 인간에게 닿기를 바라면서 간절히 빌었다.

인간이 살지 못한다는 그랑쥬리 정글에 왜 그가 있는지는 관심이 없었다. 그가 왜 오크들을 죽이는지도 관심 없었다.

그저 그의 심사를 뒤틀리게 한 무엇이 있다면 무릎을 꿇고라도 빌고 싶을 뿐이었다.

제발, 제발…….

푸식!

숄트의 목이 몸체와 분리되었다. 그의 분리된 머리는 어디론가 사라졌고 의식도 더 이상 이어지지 않았다.

"우와, 주인, 방금 이 오크 눈빛 봤어? 어찌나 애처롭게 우리를 쳐다보던지……. 마치 말 잘 듣는 새끼 돼지처럼. 그런데 말이야, 주인. 원래 이런 인간이었던가? 오크들을 너무 쉽게 쥐 잡듯이 잡고 있잖아. 나도 오싹한걸."

"상관없어."

"왜?"

"죽어야 할 놈들이 죽었을 뿐이니까."

Chapter 10. 싸우는 남자

바닥은 피로 뒤덮여 있었다.

어느새 피 냄새를 맡은 수십 마리의 데스 웜이 나타나 죽은 오크들의 시체를 파먹고 있었다.

노예들로 잡혀온 오크들은 바닥에 엎드린 채 꼼짝도 하지 못했다. 그들이 할 수 있는 일이라고는 그저 바들바들 떠는 것뿐이었다.

"주인, 큰일 났는걸. 여기도 아니야."

펑펑이 얼굴을 구기며 말했다.

곤은 고개를 끄덕였다.

첫 번째 본대를 궤멸시키고 오크들을 풀어준 후 쉬지 않고 나흘을 달려 두 번째 본대를 따라잡은 그들이다.

하지만 두 번째 본대에서 역시 코일코를 만날 수가 없었다.

"고, 곤이죠? 곤, 여기예요."

잡혀 있는 오크 중에 누군가 곤을 급하게 불렀다. 익숙한 목소리였다. 곤은 고개를 돌려 자신을 부른 오크를 바라봤다.

코일코의 누나인 코이였다. 그녀의 옆으로 몇몇 낯이 익은 오크들이 보였다.

모두 마을에서 잡혀온 오크들이었다. 대략 열 명이 두 번째 본대에서 이동 중이었던 모양이다.

곤은 급히 그녀에게 다가가 묶인 밧줄을 손도끼로 잘라 풀어주었다.

풀려난 오크들은 어찌할 바를 모르고 곤의 눈치를 보았다. 조금 전 벌어진 살육을 그들도 모두 보았다. 마비된 오크들의 목을 사정없이 내려치던 곤의 모습을.

그들에게 곤은 또 다른 사냥꾼으로 보일 뿐이었다. 곤도 그것을 인지했다. 그렇다고 일일이 해명을 할 필요는 느끼지 못했다.

"황색 오크 부족이 아닌 자들은 모두 마을로 돌아가시오."

오크들은 눈치를 보았다.

"어서 가시오. 또다시 뮤질란 오크 전사들에게 잡히고 싶지 않으면."

눈치를 보던 오크들은 너 나 할 것 없이 자리를 떠났다. 어차피 마을로 돌아간다고 하더라도 풀 한 포기 남아 있지 않을 테지만.

"곤, 곤……."

코이는 곤의 팔을 잡고 울음을 터뜨렸다. 부족 내에서 꽤나 강하다고 알려진 그녀라도 지금과 같은 상황은 감당하기 어려웠을 것이다.

믿었던 자의 배신으로 마을이 파괴되고 그것을 막기 위해 싸우던 오크 전사들과 아버지 역시 무참하게 살해당했으니.

"코이, 정신 바짝 차려. 당신을 도울 수 있는 것은 당신 자신밖에 없어."

곤은 코이의 양팔을 잡고 흔들었다. 그제야 코이가 울음을 멈췄다. 그녀는 손등으로 눈물과 콧물을 닦아냈다. 짧은 시간에 이성을 되찾았다.

과연 그루젤리의 딸이란 생각이 들었다.

"세 번째 본대는 어디로 갔지?"

곤이 물었다.

"그들은 가장 먼저 출발했어요."

"얼마나?"

"이틀 정도."

"뮤질란까지 거리는 얼마나 되는지 알고 있나?"

"몰라요. 하지만 저들이 하는 얘기를 들었어요."

코이는 죽은 오크 전사들을 가리키며 말했다.

"이제 얼마 안 남았다고."

"얼마 안 남았다……."

너무도 포괄적이다.

하지만 추측은 할 수 있었다. 오크든 사람이든 자신이 아는 곳에 발을 디디게 되면 안도를 하게 된다.

이곳은 놈들에게 낯익은 풍경, 낯익은 장소였다. 즉 놈들의 영향력이 미치는 곳이란 말이었다.

황색 오크족과 뮤질란의 오크들이 비슷한 습성을 가지고 있다면 대략 일주일 정도의 거리.

첫 번째 부대가 이틀 먼저 출발했다면 오 일 안의 거리에 뮤질란이 있을 것이다. 듣기로 뮤질란은 그저 커다랗기만 한 일개 마을이 아니었다.

인간들이 건설한 도시와 견주어도 될 만큼 문명이 발달한 곳.

그곳에 들어가게 되면 일은 걷잡을 수가 없었다.

서둘러야 한다.

"가자, 평평."

곤은 서둘러 자리를 떴다. 이제부터는 놈들의 영역 안에서 싸워야 한다. 늦는 만큼 불리해진다는 말이다. 그나마 다행인 것은 놈들의 이동 속도가 빠르지 않다는 것, 그리고 놈들이 마음을 놓고 있다는 것이었다.

거기에 희망을 걸어야 했다.

"곤!"

코이가 곤을 불렀다. 곤은 고개를 돌려 코이를 바라봤다.

"코일코를 구해줘요."

"……."

"당신이라면 할 수 있을 거예요."

"맡겨둬."

*　　　*　　　*

곤은 처음으로 정글에서 벗어났다. 아니, 아직 정글이었지만 문명의 손길이 닿은 것을 본 것은 처음이다. 엄청나게 높은 나무도 줄어들었고 수 미터나 되는 거대한 식물도 보이지 않았다.

그것들이 사라지고 나타난 것은 길이었다. 포장된 길은 아니었다. 인공적인 길도 아니었다. 오랜 시간 동안 발자취로 인해서 자연스럽게 만들어진 하나의 길.

그리고 이 길의 끝에는 오크들에게 두려움의 대상인 뮤질란이 있을 것이다.

악의 소굴로 들어가기 전에 코일코를 구해내야 했다.

"주인, 길을 따라갈 거야?"

평평이 무슨 의도로 묻는지 알고 있다. 곤은 주위를 돌아보았다. 길 양쪽으로 높게 자라 있어야 할 수풀이 보이지 않았다. 듬성듬성 보이는 잡초뿐이었다. 이런 상황에서 혼자인 곤이 은신하기란 불가능했다.

진저리가 쳐지는 정글이었다. 하지만 최고의 은신처이기도 했다.

이제 곤은 맨몸이다.

"가야지."

"이젠 정말 위험해. 개인의 강함으로 맞설 수 있는 한계를 넘어설 거야."

"알아. 그래도 난 코일코를 버릴 수 없어."

"……."

평평은 길게 한숨을 내쉬었다. 여기까지 온 이상 말릴 수 없다는 것을 그녀도 알고 있었다. 단지 확인해 보고 싶었을 뿐이다. 예전 주인처럼 무참하게 죽지 않기를 바라면서.

"시간이 촉박해. 간다."

"그래."

곤은 뛰기 시작했다.

며칠간 그는 제대로 된 휴식을 취하지 못했다. 잠깐 눈을 붙일 때를 빼고는 계속해서 뛰고 또 뛰었다. 이제 놈들과는 지근거리에 있다.

체력도 바닥, 정신력도 바닥이지만 그는 멈추지 않았다.

그렇게 얼마나 뛰었을까.

곤은 재빨리 바닥에 엎드렸다. 그의 시야의 오크들이 잡혔다. 상당한 숫자였다. 굴비처럼 엮여 질질 끌려가는 수십 명의 오크와 무장한 오크들.

찾았다.

이제부터가 문제였다. 평평을 보내 코일코가 어디에 있는지 확인할 필요는 없었다. 하지만 저들을 마비시킬 방법이 없었다.

어림잡아도 스무 명이 넘는 오크 전사다. 지형이나 독을 이용하지 않고 저들과 맞붙어서 살아날 확률은 희박했다.

"찾긴 찾았는데 이제 어쩌지?"

펑펑이 이마에 손을 얹어 지평선 너머 천천히 이동하고 있는 오크들을 보며 물었다.

"일단 쉬자. 저녁때가 다 됐으니 저들도 더 이상 이동하지 않을 거야. 우리도 체력을 보충해야지."

곤은 바닥에 누워 눈을 감았다. 길 한복판이었지만 개의치 않았다. 어차피 이곳을 지날 오크는 없었다. 나무에 올라가서 쉬게 되면 놈들에게 발각될 위험이 있었다.

차라리 이렇게 쉬는 편이 나을지도 몰랐다.

피곤했는지 곤은 금방 잠에 빠져들었다. 펑펑도 소비된 마나를 채우기 위해 곤의 단전으로 몸을 숨겼다.

너무도 위험한 상황에 몸이 노출되었지만 지금은 다른 방도가 없었다.

밤이 왔다.

부서진 달은 구름에 가려 잘 보이지 않았다. 몸을 숨기기에는 나쁘지 않은 밤이다. 비라도 내린다면 훨씬 좋을 테지만 머리 위에 보름달이 밝게 빛나지 않는 것만으로도 감사하게 생각했다.

곤은 피부가 달빛에 반사되는 것을 막기 위해 얼굴에 진흙을 묻혔다. 펑펑에게도 묻혔다. 그녀는 괜찮다며 버텼지만 곤이 억지로 진흙을 발랐다.

체력과 내기가 어느 정도 돌아왔다. 이 정도라면 하루 정도 자지 않는다고 하더라도 충분히 버틸 수 있을 듯했다.

"긴장해."

곤은 허리를 숙인 채 오크부대가 있는 야영지로 접근했다. 놈들의 야영지는 길가였다.

오크들의 야영지 근처를 지나치지 않으면 트랩을 설치할 수가 없었다.

야영지 수백 미터 밖까지 접근하자 곤은 포복자세로 바꿨다.

여기서부터는 체력과 정신력의 싸움이었다. 포복으로 수백 미터를 전진하는 것은 엄청나게 체력을 깎아먹을 테니까.

곤은 팔꿈치와 한쪽 다리로 몸을 밀었다.

보초를 서는 오크 전사들이 이리저리 움직이는 것이 보였다.

자신들의 영역 안이지만 보초를 게을리하지 않는 것으로 보아 다른 부대와 다르게 꽤나 까다롭게 보였다.

이마에서 땀이 비 오듯이 흘렀다. 백 미터를 전진하는 시간이 억겁처럼 길게 느껴졌다.

오크들이 야영지를 지나칠 때면 소리를 내지 않기 위해 더욱 조심스럽게 움직여야 했다.

오크들의 목소리가 들릴 만큼 가까워졌다.

놈들은 이번 사냥이 만족스럽다며 얼마나 많은 포상을 받게 될지 들떠 있었다.

개자식들.

동족의 피를 빨아먹는 놈들이다. 조선을 팔아먹은 양반네 놈들과 다를 바가 하나도 없었다.

허리가 끊어질 것처럼 아파왔다. 가죽으로 팔꿈치를 감쌌지만 이미 너덜너덜해지고 피가 고여 흘렀다. 무릎 역시 마찬가지였다.

곤은 새벽이 다 돼서야 오크들의 야영지를 완전히 벗어날 수가 있었다.

그는 허리를 펴며 자리에서 일어났다. 뒤돌아 야영지를 봤다. 여러 곳에 모닥불이 비치지만 자신을 발견하지는 못했다.

일어서서 걷는다고 하더라도 달빛이 비치지 않는다면 이 거리에서 발견되지는 않을 것이다.

곤은 한 시간 정도를 더 걸었다. 근방에서 함정을 설치하는 것보다 조금 더 떨어진 곳이 나았다.

야밤에 소리는 멀리 간다. 수 킬로미터 밖까지 들린다. 소리에 민감한 오크들이 알아차릴 위험이 있었다.

그는 함정을 파기 시작했다.

날이 밝았다. 우기가 시작되는 시점이지만 오늘의 날씨는 찌는 듯이 더웠다. 아침부터 태양이 곤을 잡아먹겠다는 것처럼 푹푹 쪘다.

곤은 능선에 엎드린 채 오크들의 마지막 본대가 오기를 기다렸다. 야영지와의 거리가 얼마 되지 않기에 금방 도달할 것이라 예상했다.

"잘될까?"

펑펑이 걱정스럽다는 듯 물었다. 밤새 한잠도 자지 않고 함정을 설치했다.

공구가 없어 흙바닥을 단검으로 일일이 파헤쳤고 가지고 있던 모든 기구를 이용했다. 장비가 완벽하지 않아 자세히 보면 함정이 설치되어 있다는 것을 알아차릴 수도 있었다.

그리고 남은 비상식량도 조금 전 모두 처리했다.

곤이 가진 것은 천종산삼과 단검, 활, 화살, 손도끼 두 자루뿐이었다. 배수의 진을 친 셈이다. 나중의 기회는 있을 수 없었고 후퇴도 있을 수 없었다.

이곳에서 시체가 되는 한이 있어도 결말을 봐야 했다.

"잘돼야지. 잘되게 해야 하고."

"……."

둘은 더 이상 말이 없었다.

뜨거운 태양 아래,

이마와 등줄기를 타고 쉴 새 없이 흐르는 땀방울.

하지만 언제 나타날지 모르는 오크 전사들로 인해 더위를 느낄 여유는 없었다.

만에 하나라도 함정이 제대로 작동하지 못하면 놈들에게 잡혀 갈기갈기 찢겨 죽을 테니까.

"주인."

"응."

"온다."

"알아."

멀리서 소음이 들려왔다.

떠드는 소리, 발을 끄는 소리, 욕하는 소리 등등 오크들의 본대가 모습을 드러내고 있었다.

오크 전사의 숫자는 대략 스무 명 정도였다. 그중에 한 명은 목에 해골을 걸고 있었다. 머리에도 이상한 문양이 그려진 관을 썼다. 살롱쿠기와 비슷한 기운을 풍겼다. 살롱쿠기보다 훨씬 더 칙칙한 기운이지만.

절대로 조심해야 할 존재로 인식된다.

그 뒤로 마흔 명이 넘는 노예가 줄줄이 이끌려 왔다. 반수 정도는 덩치가 작은 어린아이였다.

찾았다.

"코일코……."

가장 앞줄에 서 있는 어린아이가 코일코임을 대번에 알아봤다.

곤은 손바닥을 단검으로 그었다. 얼마 전에 손바닥을 그어 상처가 아물지 않았지만 그것을 따질 겨를이 없었다. 피가 뭉게뭉게 피어났다. 그는 화살촉에 피를 묻혀 시위에 걸었다.

조금은 느린 걸음으로 놈들이 사정거리 안으로 들어오고 있었다.

"이야, 이제 정말 다 왔다. 어여 집에 가서 마누라 궁둥이나 두들겨야지."

"마누라는 무슨, 오늘 저녁엔 술이나 한잔하자고. 꽤나 두둑한 포상금이 나올 테니까. 오늘 같은 날 인간들이 만든 술을 마시지 언제 마셔보겠나."

놈들은 들떠 있었다. 그들의 눈앞에 뭐가 있는지 눈치채지 못했다.

저벅저벅.

온다.

한 발 한 발.

거기서 한 발자국만 더!

"으아아아악!"

밟았다.

가장 선두에 선 놈들이 무릎까지 파놓은 구덩이를 밟았다. 중심을 잃은 그들은 앞으로 고꾸라지고 말았다. 그들의 앞에는 날카롭게 깎아놓은 죽창이 꽂혀 있었다. 놈들의 눈에 걸리지 않기 위해 짧은 길이로 잘라 박아놨지만 제대로 걸린다면 치명상을 입기에 충분했다.

"크아아악!"

앞으로 넘어진 세 명 모두 죽창에 찔렸다. 머리나 목, 심장에 찔리지 않는 이상 죽지는 않겠지만 전투력을 상실할 것은 확실했다.

곤은 상체를 일으켜 조준한 후 활시위를 당겼다. 정확하게 맞출 필요는 없었다. 몸 어딘가에 맞기만 하면 되었다. 그 정도만으로 상대의 목숨을 앗기에는 충분하니까.

쐐애애액!

곤의 독피가 묻은 화살이 얼떨떨해하고 있는 오크들을 향해서 날아갔다.

팍! 팍! 팍!

세 발이 모두 명중했다.

팔과 옆구리, 어깨에 맞아 놈들은 치명상을 입지는 않았다.

"어떤 새끼야!"

화가 난 그들은 도끼를 뽑아 들고 화살이 날아온 방향으로 뛰었다. 아니, 뛰려고 했다. 그러나 독이 빠르게 퍼진 그들은 그대로 멈췄다. 이빨을 딱딱 부딪치며 한기가 오는 듯 표정이 석고상처럼 굳어졌다.

"크흑."

화살에 맞은 오크들은 목구멍에서 피를 뿜으며 쓰러졌다.

"적이다!"

이제야 상황 판단이 되는 모양이었다.

남은 놈들이 급히 손도끼를 꺼내 곤이 있는 곳을 향해 무작위로 던졌다. 오크들의 완력은 대단하다. 내공을 사용하지 않고도 창과 손도끼를 백 미터 이상 던질 수가 있었다. 명중률 또한 뛰어났다.

하지만 어디까지나 목표물이 보일 때의 일이었다.

곤은 상체를 완전히 드러낸 채 계속해서 화살을 쏘아댔다. 세 명의 오크가 바닥에 쓰러졌다. 그들도 죽을 것이다.

역광.

시간으로 치면 오전 8시쯤.

두 눈을 똑바로 뜨고 이쪽을 보기도 힘들 시간이다.

곤과 꽤 떨어진 거리로 손도끼들이 날아왔다. 역광 때문에 명중률이 형편없어 그가 맞을 위험은 거의 없었다.

"제기랄! 적의 습격이다! 날아오는 화살 수로 보아 적은 한 놈뿐이야! 전원 돌격한다!"

오크 전사들의 우두머리가 소리쳤다. 그의 명령에 따라 남은 오크들이 도끼를 들고 전방을 향해 뛰었다. 그들은 전우의 시체를 넘어 빠른 속도로 곤을 향해서 다가왔다.

곤은 그들을 향해 화살을 날렸지만 빗나갔다. 화살 공격에 대한 경험이 있는지 그들은 지그재그로 뛰며 시선을 분산시켰다.

이 정도로 거리가 좁혀지면 역광이라고 하더라도 전체 모습이 드러난다.

하지만 곤은 전혀 당황하는 기색이 없었다. 오크들은 그것을 눈치채지 못한 채 살기를 드러내며 더욱 뛰는 걸음을 빨리 했다.

"지금이야."

한쪽 구석에서 몸을 숨기고 있던 펑펑이 재빨리 일어나 넝쿨을 당긴 후 부러진 나무 기둥에 걸었다.

"크아아악!"

달려들던 오크들이 한데 뒤엉켜 쓰러졌다. 전속력으로 달리다 넘어졌으니 충격 또한 클 터였다. 금방 일어나지 못할 것이다.

곤은 손도끼를 꺼내 들고 쓰러진 오크들 사이로 뛰어들었다.

가차 없이 그들의 목을 벴다. 피가 사방으로 튀었다. 곤도 오크들의 피를 뒤집어썼다. 그들은 반항 한번 해보지 못하고 목이 잘려 죽고 말았다.

"좋아. 생각보다 멍청한 짓을 하는 덕분에 지금까지는 잘되고 있어."

펑펑이 날아와 곤의 어깨에 앉았다. 곤은 정면을 응시했다. 남은 오크 전사들의 표정이 보기 좋았다. 믿지 못하겠다는 듯 경직된 표정.

'웃기는군. 자신들이 언제까지나 승자일 줄 알았나? 세상의 이치는 받은 만큼 돌려주는 법이지.'

남은 오크 전사의 숫자는 얼마 되지 않았다. 거리가 떨어져 있다. 충분히 해치울 수 있다고 여겨졌다.

그는 손도끼를 넣고 활을 꺼냈다. 화살촉에 피를 묻힌 후 생존한 오크들을 향해서 겨눴다.

그때였다.

얼굴에 화끈함이 느껴졌다.

"피해! 주인!"

펑펑이 다급하게 외쳤다.

본능적으로 위험을 느낀 곤은 생각할 것도 없이 몸을 날렸다.

퍼퍼펑!

동시에 곤이 있던 자리에서 불기둥이 폭발했다. 바닥이 폭탄을 터뜨린 것처럼 움푹 파였다. 가슴을 쓸어내린 곤은 조금 전 본 불기둥을 되새겼다.

"폭탄이라고?"

아직 제대로 된 문명을 갖추지 못한 오크들이 폭탄을 썼다는 사실을 믿을 수가 없었다.

"주인, 뭐 하고 자빠졌어! 어서 일어나지 못해!"

펑펑의 목소리가 들려왔다.

퍼뜩 정신이 돌아온 곤은 몸을 굴렸다.

퍼퍼펑!

똑같은 일이 벌어졌다. 곤의 머리카락과 가죽 갑옷이 검게 그을릴 만큼 강력한 화력을 가진 폭탄이 터진 것이다.

"으윽! 도대체 이게 뭐야."

폭탄이 터질 기미가 보이지 않았다. 혹시 지뢰?

말도 안 된다.

"정신 차려! 무슨 생각을 그렇게 하는 거야! 다크 샤먼이야! 다크 샤먼을 쓰러뜨리지 않으면 주인은 불에 타 죽고 말 거야!"

다크 샤먼이라고?

그러고 보니 살롱쿠기가 한 말이 생각났다. 자신은 인연이 없어 스승님들에게 모든 술법을 전수받지 못했다고. 하지만 다른 샤먼들은 주술을 통해 얼마든지 상대에게 압박을 가할 수가 있다고 했다.

저것이 주술이라는 것인가!

눈에 보이지도 않고 주문만으로 상대방을 격살할 수 있는 무서운 기술이.

퍼퍼펑! 퍼퍼퍼펑!

연신 불기둥이 솟구쳤다. 곤은 사력을 다해 몸을 굴렸다. 조금만 지체해도 통째로 구워질 판이다.

곤은 불꽃이 일려는 자리에서 위화감을 느꼈다. 그렇기에 피할 수는 있었다. 하지만 정확히 보이지는 않았다.

"조금만 더 참아! 곧 화염 주술이 멎을 거야!"

펑펑의 목소리.

그리고 떠오르는 의문.

"왜?"

퍼퍼펑! 퍼퍼퍼펑!

다섯 번의 폭발이 더 일어났다. 폭발로 인해 오크들의 시체는 완전히 뭉개지고 주변은 초토화되었다.

곤의 체력이 바닥났을 때 폭발이 멈췄다.

"지금이야, 주인. 다크 샤먼은 마나를 보충하고 있어. 지금이 기회를 놓치면 끝장이야."

그렇구나. 펑펑이 참으라는 이유는 바로 이것이었다. 아무리 무서운 주술이라도 마나가 바탕이 된다는 것. 즉 탄창이 모두 떨어지면 다른 탄창으로 갈아 끼울 시간이 필요한 것이다.

다시 탄창을 갈아 끼우기 전에 끝장을 봐야 했다.

곤은 화살을 찾았다.

"제기랄."

폭발로 인해 남은 화살이 부러졌다. 그나마 쓸 수 있는 화살은 두 발밖에 없었다. 곤은 남은 화살을 들고 다크 샤먼이 있는 곳을 향해서 뛰었다.

찢어진 손바닥에서 피를 짜내 화살촉에 묻힌 후 활시위에 걸었다.

달리면서 화살을 쏘는 것은 무척이나 어려운 일이었다. 화살을 쏘려면 일단 호흡을 정지해야 했다. 목표물에 집중하고 손에 걸려 있는 시위를 부드럽게 놓는다. 단순한 행위지만 고도의 집중력을 필요로 했다.

황색 오크 마을의 오크들은 불가능한 기술이었다.

그러나 곤은 가능하다.

그는 달리면서 호흡을 정지했다. 목표물은 명확했다. 다크 샤먼. 달리면서 그와의 거리를 빠르게 좁혀갔다.

놈의 눈동자가 커지는 것이 보였다.

곤은 시위를 놓았다.

쐐애애액!

화살은 다크 샤먼을 향해서 빠르게 날아갔다. 그가 피하려고 한다. 오크 전사들보다 현저하게 움직임이 느렸다.

잡았다.

퍼억!

다크 샤먼을 잡은 줄 알았는데,

갑자기 나타난 오크 전사가 다크 샤먼 대신 화살을 맞고 말았다. 눈이 꿰뚫린 오크 전사는 바닥에 쓰러져 비명을 지르다 죽었다.

이제 남은 화살은 한 발.

남은 오크들을 처리하기에는 턱없이 부족했다.

다크 샤먼을 보호하기 위해 오크 전사들이 도끼를 빼 들었다. 그들은 곤이 다가오기를 기다렸다. 서로의 거리가 빠르게 좁혀졌다.

곤은 남은 한 발의 화살을 시위에 걸었다.

* * *

퍽!

누군가 곤의 머리통을 발로 갈겼다. 곤의 안면에서 피가 튀며 고개가 돌아갔다.

'무슨 일이지?'

의식을 잃었었다.

'펑펑은? 펑펑은 어디에 있지?'

곤은 고개를 돌렸지만 보이지 않았다. 하긴 지금 상황에서 모습을 드러내면 죽음밖에 없다.

숨어 있어라, 펑펑.

내가 죽는다고 해도 절대 고개 내밀지 말고.

"이 개새끼, 네가 우리 일에 초를 쳐!"

낯익은 목소리.

볼튼이었다.

이 자식이 나타날 줄은 생각도 못했다. 아니, 코일코를 구해야 한다는 일념에 그를 머릿속에서 지우고 있었다.

마지막 남은 화살은 다크 샤먼을 죽이지 못했다. 곤은 손도끼를 들고 놈들의 진영으로 뛰어들었다. 가장 선두에 서 있던 오크가 그에게 도끼를 휘둘렀다. 곤은 머리를 숙여 도끼를 피한 후 오크의 팔목을 단숨에 잘랐다. 팔목이 잘린 오크가 뒤로 나가떨어졌다.

다크 샤먼의 표정이 똥을 먹은 것처럼 일그러졌다.

이것으로 알았다.

샤먼이란 존재는 무서운 주술을 쓸 수는 있지만 접근전은 형편없다는 것을.

다른 오크들이 접근했다. 남은 놈들과 맞붙기 전에 다크 샤먼부터 처리해야 했다. 곤의 살상 반경에서 벗어나 다시 한 번 공격 주술을 부린다면 벗어날 수가 없었다.

곤은 다가오는 오크들을 향해 연달아 손도끼를 던졌다. 지척이라 놈들은 피하지 못했다. 머리가 반으로 쪼개진 오크들이 그대로 절명했다.

곤은 독에 중독되어 쓰러진 오크의 가슴에서 화살을 뽑았다.

"너는 도대체 누구냐!"

다크 샤먼이 괴성에 가까운 비명을 질렀다. 개의치 않은 곤은 그의 눈알에 부러진 화살을 찔러 넣었다. 뇌수까지 파괴된

다크 샤먼은 통나무처럼 뒤로 넘어갔다.

이제 남은 오크 전사들은 얼마 되지 않았다.

"곤! 대단하구만!"

누군가 곤을 불렀다.

누구의 목소리인지 떠오르지 않았다. 곤은 그의 얼굴을 보고야 아차 싶었다.

볼튼의 아버지인 케르만이 코일코의 목에 검을 대고 있었다. 오크 전사들과 똑같은 행색을 하고 있어 그가 누군지 알아보지 못했다.

하지만 케르만은 곤을 알아봤다. 그리고 왜 곤이 악착같이 그를 쫓는지도.

곤은 움직일 수가 없었다.

"사부님!"

코일코의 음성이 떨려 나왔다. 어린 나이로 지금까지 버틴 것만도 용했다.

코일코는 그가 자신을 비롯해 마을 오크들을 구원해 줄 것이라 믿어 의심치 않았다.

그러나 지금과 같은 상황이라면 얘기가 달라진다. 코일코와 마을 오크들은 인질이고 곤은 그들의 생사를 모른 체할 수 없을 것이다.

"설마 혼자서 뮤질란의 오크 전사들을 몰살시킬 줄이야. 아무리 방심했다고 하더라도 놀라운 전투력인걸. 그래도 이만하는 것이 좋을 거야. 네가 자식처럼 생각하는 코일코의 목이 날아가는 것을 보고 싶지 않으면."

케르만의 입술 끝이 올라갔다.

그의 얼굴을 당장에라도 찢어버리고 싶었다. 저런 자식이 용자로서 존경을 받았다니.

그러고 보니 마을에 이상한 소문을 낸 것도 저 자식이라고 살롱쿠기가 말했다. 그때는 자신이 외지인이기에 당연하다고 생각했다.

그게 아니었다는 것을 이제야 뼈저리게 느꼈다.

"애들을 놔줘."

곤은 마지막 무기인 단검마저 바닥에 던져 버렸다.

"왜?"

"놔주지 않으면 너는 죽으니까."

"호, 애들을 놔주면 네가 잡히고 놔주지 않으면 애들도 죽고 나도 죽는다는 말인가?"

"……."

곤은 대답하지 않았다.

"저 늙은 돼지 새끼 봐라! 나오는 대로 씨불인다! 지금 누가 목줄을 쥐고 있는지 안 보여? 누구 먼저 죽여줄까? 저기서 벌벌 떨고 있는 위대한 뮤질란의 오크 전사? 아니야, 새꺄! 너부터 죽일 거야! 까지 말고 좋은 말로 할 때 그 검 내려놔!"

펑펑이 케르만을 향해 삿대질을 하며 핏대를 세웠다.

케르만의 코가 실룩거렸다. 예전에도 저런 모습을 종종 본 적이 있다. 심사가 뒤틀리면 나오는 버릇 같았다.

"그 정령 좀 조용히 좀 시키지."

"뭐라고 새꺄? 내가 너 죽여줄까? 어디서 개나발을 불고 지랄이야!"

"흥, 천한 놈에게 정령술을 가르쳤으니 저런 돼먹지 못한 정령과 계약을 하지."

"지랄하네. 야, 이 새끼야, 마을을 팔아먹은 네놈보다 훨씬 건전하거든."

"그만."

곤이 그들의 입씨름을 말렸다.

"마지막 경고다. 검을 거둬. 여기서 물러난다면 잡지 않겠다."

"이것 참, 주객이 전도돼도 한참이나 전도됐네. 이봐, 인간. 뭔가 착각하고 있는 모양인데, 불리한 것은 너야. 당장 물러나지 않으면 코일코의 목을 자를 거야. 그리고 한 명씩 마을 오크들을 죽이겠다."

노예로 끌려온 오크들은 케르만의 말에 몸을 부르르 떨었다.

설마 대지의 용자 케르만이 이렇게까지 할 줄은 누구도 상상하지 못했다. 뭔가 이유가 있어 케르만이 뮤질란에 협력하고 있다고 생각한 오크들도 있었던 것이다. 혹시 기회가 되면 마을 오크들인 자신들을 몰래 풀어주지 않을까 하는 생각도 하면서.

그 희망이 무너졌다.

곤은 코일코를 바라봤다. 코일코도 곤을 바라봤다. 코일코가 빙그레 웃는다.

"사부님, 전 괜찮아요. 그러니 이 개자식을 죽여 버리세요."

아니, 내가 안 괜찮아.

절대 너를 죽게 할 수 없다.

"그럼 어쩔까?"

곤이 물었다.

"뒤로 물러나."

"마을 오크들을 뮤질란으로 데려가겠다는 소린가?"

"글쎄다. 일단 뒤로 물러나."

검의 손잡이는 케르만이 쥐고 있었다. 곤은 천천히 뒤로 물러났다. 그런 곤을 보며 케르만은 빙그레 웃었다. 마을 오크들의 얼굴이 딱딱하게 굳었다.

코일코의 두 눈동자가 커다래지며 큰 소리로 외쳤다.

"사부님! 위험해요!"

위험해? 왜?

뒤로 물러나던 곤의 등에 뭔가가 걸렸다. 곤은 뒤를 돌아봤다. 그곳에는 살기가 가득한 눈빛으로 웃고 있는 볼튼이 있었다.

"좆같은 새끼야, 오랜만이다."

Chapter 11. 욕망의 도시

Myth of Magic power

팔과 다리가 묶인 곤은 볼튼에게 집요하게 구타당했다. 이빨과 코가 부러지고 얼굴은 제대로 알아볼 수 없을 정도로 부어올랐다.

"너희가 정녕 우리와 같은 마을에 살던 오크더냐! 천벌, 그래, 너희는 천벌을 받을 거야! 생명의 신 단가께서 너희를 지옥으로 이끌 것이다!"

황색 오크족의 장로가 그런 볼튼을 향해서 저주를 퍼부었다.

곤을 구타하던 볼튼이 멈췄다. 그는 자신에게 욕설을 내뱉은 장로를 바라봤다.

"뭐, 저 영감탱이가 돌았나?"

볼튼은 장로에게 다가갔다. 장로는 증오에 가까운 눈빛으로 볼튼을 뚫어지게 쳐다보았다.

“꼬나보지 마, 새끼야.”

그는 손도끼를 꺼내 장로의 머리통을 내려쳤다. 머리가 반으로 쪼개졌다. 눈알이 툭 튀어나와 바닥을 굴렀다. 엄청난 양의 피가 볼튼을 적셨지만 그는 손바닥으로 얼굴에 묻은 피를 쓱 닦을 뿐이었다.

광기에 사로잡힌 모습이다.

“고개 안 숙여! 엿 같은 새끼들아!”

노예로 잡혀온 오크들은 다시 고개를 숙일 수밖에 없었다.

“쿨럭쿨럭.”

곤의 입에서 한 사발의 피가 토해졌다. 그는 흐릿한 눈으로 볼튼을 바라봤다.

“도, 도대체 무엇이 너를 이런 괴물로 만든 거지?”

볼튼이 곤에게 다가가 한쪽 무릎을 꿇고 눈을 맞췄다.

“뭐? 내가 괴물? 염병하고 앉아 있네. 괴물은 너지. 이곳으로 오면서 다 봤어. 너 이 새끼, 뮤질란의 오크 전사들을 수십 명이나 학살했더라? 정말 깜짝 놀랐다. 혼자서 한 것이라고는 믿기지가 않았어.”

“개소리 집어치워. 도대체 넌 뭐냐? 내가 알고 있는 볼튼이 맞는 거냐?”

“아직도 상황 파악이 안 되시네요, 우리의 인간 전사 곤 님께서. 야, 이 새끼야, 설명을 해줘야 알아 처먹냐!”

볼튼은 곤의 묵사발이 된 얼굴을 위에서 아래로 몇 번이나 내려쳤다. 피가 사방으로 튀었지만 말릴 수 있는 자는 없었다.

단 한 명, 코일코만이 볼튼을 향해서 온갖 욕설을 내뱉었다.

"어이, 꼬맹이, 좋은 말로 할 때 닥쳐. 조금 이따 이 새끼 앞에서 너의 사지를 토막 낼 테니까."

섬뜩한 소리였다.

"그래, 해볼 테면 해봐! 너 같은 배신자에게 내가 겁먹을 것 같아! 죽이려면 죽여 보라고!"

코일코는 한마디도 지지 않았다. 볼튼은 눈살을 찌푸리며 고개를 돌려 곤을 바라봤다. 그는 말했다.

"야, 곤. 잘 생각해 봐."

"……."

곤의 입에서 피와 침이 섞여 주르륵 떨어졌다.

"너와 내가 대등한 것이 말이 되냐? 아니, 마을 오크들은 오히려 신기한 기술을 가지고 있다면서 너를 나보다 윗선에 놓더라? 이게 말이 되냐고."

"겨우 그런 걸로……."

"겨우 그런 거라니. 잘 생각해 봐. 나는 용자가 될 몸이었어. 아니, 차기 부족장이었지. 그런 내가 너와 비슷한 전투력을 가졌다니. 더군다나 아이들은 같은 오크인 나를 외면하고 너를 더 따랐지. 이게 말이 돼?"

"쿨럭쿨럭! 나는 이방인이야."

"내가 무슨 말을 하는지 몰라? 네가 나를 이기면 절대로 안 된다고. 이방인? 좆 까는 소리 하세요. 너는 나와 비등한 대련을 한 것부터 죽을죄를 지은 거야."

"크크크크."

곤은 희미하게 웃었다. 그것이 볼튼의 심기를 더욱 건드렸다.

"왜 웃어?"

"이봐, 볼튼."

"왜 웃느냐고!"

"한 가지 말해줄까?"

"왜 웃느냐고, 염병할 새끼야!"

"너와 내가 비등하다고 생각해?"

"뭔 개소리야!"

볼튼의 언성이 높아졌다.

곤은 고개를 들었다. 그는 볼튼과 눈을 마주치며 입술을 뒤틀었다.

"야, 너 봐준 거야."

곤은 입술을 비틀며 말했다.

봐준다.

이 말을 모두가 들었다. 두려움에 떨던 오크들도 고개를 들어 곤과 볼튼을 바라봤다. 볼튼은 모두의 시선을 느꼈다. 그의 얼굴이 붉게 달아올랐다.

"이, 이, 이, 개새끼가……!"

볼튼이 손도끼를 꺼내 들었다. 그의 눈빛은 이미 이성을 잃은 듯했다. 당장에라도 손도끼를 내려쳐 곤의 머리를 반으로 가를 태세였다.

곤은 어금니를 꽉 물었다.

살려고 했지만, 살아남으려고 했지만 더 이상 신은 그의 존재를 인정하지 않는 듯했다.

죽고 싶지 않았다.

이렇게는…….

곤은 혜인을 생각하며 눈을 질끈 감았다. 눈을 감기 전 그는 그림자가 머리 위로 떠오른다고 생각했다.

"피해!"

그때 케르만의 다급한 목소리가 울려 퍼졌다.

순식간에 벌어진 일이었다.

거대한 백호 한 마리가 난입하여 볼튼이 데리고 온 오크들을 압사시킨 것은.

오크들은 치열하게 방어했다. 철을 섞어 만든 나무 방패와 뮤질란의 선진화된 검과 도끼로.

하지만 백호의 날카로운 발톱에는 소용이 없었다. 백호가 한 번 앞발을 휘두르자 오크들의 육신은 거짓말처럼 쪼개져서 사방으로 흩어졌다.

그들의 능력으로는 도저히 백호를 당할 수가 없었다.

"엿 같은! 저 백호 새끼는 우리랑 무슨 원수를 졌다고 여기까지 쫓아온 거야! 모두 후퇴! 후퇴!"

볼튼이 끌고 온 오크 전사의 반이 당했다. 본대의 오크들과 합쳐도 열 명이 넘지 않는다. 그와 함께한 다크 샤먼은 진작 백호에게 당했다. 다크 샤먼마저 잃은 그들의 전력으로는 백호를 이길 수가 없었다.

일단은 물러나야 했다.

갑자기 백호가 곤 앞에서 멈췄다. 볼튼은 의아했지만 이것이 탈출할 기회라고 여겼다. 이곳은 뮤질란의 영향력이 있는 곳. 어느 정도만 벗어나면 반드시 구원군이 오리라 믿었다.

볼튼은 노예들을 강제로 끌고 그곳에서 벗어났다. 노예들이 발버둥을 쳤지만 매에는 장사가 없었다. 몇몇이 매에 맞아 죽었다. 죽은 자들은 길가에 버려졌다.

"안 돼!"

곤이 처절하게 외쳤다. 백호가 멈칫거렸다. 백호의 목적은 곤을 살리는 것. 다른 이들의 생사는 관심이 없었다.

"너 씽이냐?"

곤은 눈앞에서 눈치를 보고 있는 백호를 보며 물었다. 백호가 고개를 끄덕였다.

"나한테 미안한 게 있어?"

역시 백호는 고개를 끄덕였다.

"어떻게 된 일인지는 묻지 않겠어. 네가 나한테 미안한 것이 있다면 당장 떠나. 떠나서 잡혀간 노예들을 데려와."

백호는 곤을 풀어준 후 곧바로 몸을 날렸다.

하지만 나흘 뒤 돌아온 것은 백호 혼자뿐이었다.

"쿨럭쿨럭."

심하게 다친 곤은 혼자서 버텼다. 물도 식료품도 없었다. 그는 돌아온 씽에게 물었다.

"코일코는?"

씽은 고개를 흔들었다.

곤은 곧바로 의식을 잃었다.

* * *

곤은 가부좌를 틀고 내기를 돌렸다. 씽은 그의 옆을 지켰다.

의식을 잃은 곤을 씽은 성심성의껏 간호했다. 깨끗한 물로 그의 상처를 닦아냈고 약초로 치료했다.

그의 정성 덕분인지 곤은 반나절도 되지 않아 의식을 차렸다. 씽은 반가웠지만 죄를 지은 것처럼 곤에게 다가가지 못했다.

곤은 멀찌감치 떨어져 있는 씽을 보았다. 예전에는 어린 티가 났는데 이제는 성체가 다 되었다. 만약 백호가 씽이라는 것을 모르고 마주쳤다면 맞서 싸울 생각은 일찌감치 버렸을 것이다.

그만큼 씽에게서 은은하게 흘러나오는 기운은 주위를 압도했다.

과연 영물이란 생각이 들었다.

"씽."

곤이 씽을 불렀다. 씽은 주춤거리며 고개를 들었다. 오크들을 일 합에 찢어 죽이던 호랑이가 아니었다. 곤과 눈을 마주치기도 어려워했다.

"이리 와."

곤이 손가락을 까닥였다. 그제야 씽이 어렵게 발걸음을 옮겼다.

그동안 많은 일이 있었다. 씽과의 여행은 먼 과거처럼 생각되었다. 당시에 곤은 씽에게 심한 배신감을 느꼈다. 하지만 시간이 지나니 자신이 오해를 한 것인지도 모르겠다고 여겨졌다.

결정적으로 씽은 곤에게 위해를 끼친 적이 단 한 번도 없었다.

씽이 수인이라는 것을 말하지 않았을 뿐.

곤은 씽의 턱을 긁었다. 씽이 귀여운 짓을 할 때 하던 그대로의 행동이다.

"정말 오랜만이야."

<u>크르르르</u>.

"너지? 저번에 볼튼에게서 나를 구해준 게."

<u>크르르르르르</u>.

씽은 대답하지 않았다. 그저 커다란 눈을 동그랗게 떴다. 성체가 됐지만 예전의 모습이 그대로 남아 있었다.

"그렇군. 너였어. 바빌라 고원에서 코일코를 구해준 것도 너였고. 그동안 너한테 신세를 많이 졌구나."

크르르르르.

"미안하다."

씽으로서는 전혀 예상치 못한 말이었다. 곤이 아직도 자신에게 화가 무척 많이 나 있을 것이라 여겼다. 그의 앞에 나서기가 쉽지 않았다.

하지만 곤이 한 말은 자신에 대한 사과였다.

단 한 마디.

미안하다.

그동안 답답하던 마음이 일시에 사라지는 듯했다. 씽의 맑은 눈동자에서 한 방울의 눈물이 흘러내렸다.

*　　*　　*

곤과 씽은 함께 길을 걸었다.

온갖 위험이 도사리고 있는 정글에서 처음으로 마음을 연 친구였다.

약간의 오해와 공백은 둘 사이를 예전으로 되돌려 놓지 못했다.

둘의 침묵 속에는 어색함이 공존했다.

하지만 언제까지나 그러지는 않을 것이다. 떨어져 있던 시간만큼 새로운 시간이 채워지게 되면 어색함은 사라지고 예전과 다른 우정이 싹트게 될 것이다.

"그런데 씽."

곤이 씽을 불렀다. 나란히 걷던 씽이 고개를 들어 곤을 바라봤다.

"수인으로는 마음대로 변할 수 있는 거야?"

씽은 고개를 흔들었다.

"그럼?"

씽은 앞발로 하늘을 가리켰다. 어떤 제약을 있음을 말하는 것일까. 그러고 보니 늑대들도 달이 뜨는 밤에 수인이 되었다.

"달이 뜨면 수인이 되는 거야?"

씽은 긍정을 표시했다.

"그렇단 말이지."

씽과 제대로 된 의사 전달을 하려면 수인이 될 때까지 기다려야 할 듯싶었다. 곧 있으면 뮤질란에 도착한다. 오크들의 상업 도시라고 하지만 어떤 위험이 도사리고 있는지 알 수 없었다.

최소한 씽은 백호의 모습으로 있을 수가 없었다.

점차 길이 넓어졌다. 길 양옆으로는 나무들이 잘려 나가 있다. 마차가 지나다닌 흔적도 보였다.

크르르르.

씽이 낮게 으르렁거렸다. 곤도 누군가 다가오고 있다는 것을 느꼈다. 이곳에 떨어진 후 제대로 된 문명을 접해보지 못한 곤이다.

절로 긴장이 되는 것은 어쩔 수 없었다.

덜거덕덜거덕.

바퀴 굴러가는 소리다. 마차 두 대가 다가왔다. 앞의 마차는 무척이나 화려했다. 뒤쪽에는 무척이나 아름다운 남녀 여럿이 타고 있었다. 투박한 오크들과는 차원이 다른 아름다움이었다.

그들이 인간이 아니라는 것은 보는 순간 알 수 있었다.

"워~ 워~"

마부는 인간이었다. 마부가 곤 앞에서 마차를 세웠다. 허연 수염이 난 그는 인상이 좋았으나 눈빛이 곤의 마음에 들지 않았다. 그는 마치 사람을 품평이라도 하는 듯이 위아래로 훑어봤다.

"이봐, 젊은이."

마부가 곤을 불렀다. 정글에서 두 번째로 본 인간. 그 느낌은 무척이나 섬뜩했다.

"무슨 일이시죠?"

"그 백호, 나에게 팔게나."

크르르르.

씽도 고개를 들어 마부를 보았다.

"이 백호는 파는 물건이 아닙니다."

"파는 물건이 아니야? 뮤질란에서 못 파는 물건은 없다네. 자네도 그것을 알기에 백호를 데리고 가는 것이 아닌가?"

"아닙니다."

"얼마를 주면 팔겠나? 뒤에 엘프들 보이지? 아직 개시도 하지 않는 숫처녀들이지. 꽤나 고가에 팔릴 것이야. 엘프 둘과 백호를 교환하는 것도 나쁘지 않지."

마부는 두려움에 떨고 있는 엘프들을 엄지손가락으로 가리켰다.

"다시 말하지만 이 백호는 파는 물건이 아닙니다. 정중하게 사양하겠습니다."

"흠, 그렇다는군요."

마부는 아쉬운 듯 입맛을 다시며 누군가에게 말했다. 의외로 금방 포기하는 듯했다.

"백호라……. 백호는 처음 보는데……."

젊은 여성의 목소리가 마차에서 흘러나왔다. 순간 곤은 알 수 없는 한기를 느꼈다. 씽도 마찬가지였다. 그들은 자신들도 모르게 한 발 뒤로 물러났다.

드르륵.

마차의 창문이 열렸다. 얼굴에 가면을 쓰고 있는 여자가 모습을 드러냈다. 묘한 분위기가 흐르는 여자였다. 색기가 넘친다고 해야 할까. 젖가슴을 반쯤 드러내고 있지만 천해 보이지는 않았다. 그녀는 곤을 똑바로 바라보았다.

"보아하니 사냥꾼 같은데, 섭섭지 않게 값을 치를 테니 백호를 넘겨주세요."

꽤나 씽을 탐낸다. 그렇다고 씽을 넘겨줄 수는 없었다.

"저희는 가던 길을 가겠습니다. 가자."

더 이상 이들과 엮이고 싶지 않았다. 곤은 씽을 데리고 앞장서서 걸었다. '어쩔까요? 강제로 빼앗을까요?' 라고 말하는 마부의 말이 귓가에 거슬렸다. 그들을 돌아보지는 않았다. 코일코와 오크들을 구하는 그때까지는 최대한 몸조심할 생각이다.

길은 더욱 넓어졌고 사람들의 숫자도 확연하게 많아졌다.

마을이 나타났다. 도시가 있으면 마을이 있는 것은 당연했다. 이곳은 뮤질란의 외곽 지역으로 여겨졌다. 무척이나 가난한 마을이었다.

황색 오크 부족의 마을도 풍족하지는 않았지만 활기는 있었다.

하지만 이곳은 그런 것이 없었다. 오크들과 인간들이 뒤섞여 있는 이곳은 죽음의 냄새를 가득 풍겼다.

"아저씨, 제발 한 푼만 주세요. 너무 배가 고파요."

코일코보다 어려 보이는 어린 오크가 동냥질을 하고 있었다. 어찌 된 일인지 한쪽 다리를 절고 있다. 오크들은 소년을 더럽다며 발로 밀어냈다. 인간들은 오크들보다 잔인하지 않았다. 종종 푼돈을 던져주는 자들이 있었으니까.

곤과 씽은 자리에 멈췄다.

"저 꼬마를 쫓아가자."

왜 소년을 쫓아가야 하는지 씽은 몰랐지만 묻지 않았다. 어차피 곤을 따라 움직이다 보면 자연스럽게 설명이 될 것이다.

어린 오크는 필사적으로 구걸했다. 이리 차이고 저리 차여도 자리를 뜨지 않았다. 아이는 사람들에게 약간의 동전을 얻은 후에야 안도의 한숨을 내쉬며 일어났다.

아이가 움직였다. 미로처럼 섞인 판잣집들을 날다람쥐처럼 교묘하게 빠져나갔다. 다리를 절룩거리지만 꽤나 빨랐다. 곤과 씽은 거리를 벌려 아이의 뒤를 쫓았다.

마을 끝에 다다랐다. 아이는 뒤를 몇 번이고 돌아본 후 한 판잣집으로 들어갔다.

크르르르.

씽은 판잣집 안으로 머리를 집어넣었다. 위험부담이 있으니 자신이 먼저 들어가겠다는 의미다.

"그러도록 해."

곤은 고개를 끄덕였다.

판잣집 안에는 아무것도 없었다. 어린 오크도 감쪽같이 사라졌다. 허름한 건물 안에 있는 것은 부러진 탁자와 먼지가 쌓인 의자뿐이었다.

씽은 코를 벌름거렸다. 그리고 한쪽 구석으로 곤을 데리고 갔다. 마룻바닥이 미묘하게 달랐다. 다른 곳은 먼지가 쌓였지만 그곳만은 그러지 않았다.

곤은 허리를 숙여 귀를 기울였다. 안쪽에서 성인 남성이 호통치는 소리가 들렸다.

찾았다.

곤은 씽을 뒤로 물러나게 한 후 마룻바닥을 들었다. 지하에서 밝은 빛이 흘러나왔다.

그림자가 길게 비쳐졌다. 작은 그림자 열 개, 큰 그림자 하나.

큰 그림자는 작은 그림자들을 무자비하게 구타하고 있었다.

"이 새끼들아! 겨우 이것밖에 못 벌어와? 너희를 먹이고 재우는 데 들어가는 돈이 얼마인 줄 알아, 이 개자식들아!"

사내는 꽤나 흥분한 듯했다. 곤은 씽에게 고개를 끄덕였다. 그들은 동시에 지하로 뛰어들었다. 갑작스럽게 나타난 호랑이를 본 아이들이 기겁했다.

사내도 마찬가지였다. 그는 인간이었다. 애꾸눈에 얼굴에 긴 자상이 있었다. 머리의 반쪽은 화상을 입었다. 무척이나 추악했다.

"너, 너희는 뭐야!"

사내가 소리쳤다.

크르르르.

씽은 사내를 향해서 낮게 으르렁거렸다. 엄청난 살기였다. 사내는 제대로 된 대응을 하지 못했다. 산전수전을 다 겪은 것처럼 보이지만 지금과 같은 상황은 예상하지 못했을 것이다.

곤은 빙그레 웃으며 말했다.

"내가 묻고 싶은 것이 있어서 말이지."

어린 오크들을 시장에 내몰아 구걸하는 무리. 조선에도 이런 무리가 꽤 많았다.

그리고 그들은 정보에 능통했다.

곤은 사내에게서 알고 싶은 정보를 얻을 수 있었다. 곤은 아이들에게 '열심히 살아야 한다. 반드시 지금의 상황을 벗어날 날이 올 거야' 라고 말해주었다.

코일코와 비슷한 나이여서 그런지 더 눈길이 갔다. 아이들에게 보복하지 못하도록 사내를 협박했다. 겁을 먹은 사내는 아이들에게 해코지하지 않겠다고 약속했다.

곤과 씽은 노예로 끌려온 황색 오크들을 찾기 위해 판잣집을 나왔다.

그들이 사라지자 사내는 곧바로 다리를 절던 아이를 칼로 찔러 죽였다.

"이 개새끼가 그토록 뒤를 조심하라고 했건만 낯선 이들을 끌어들여 나를 위험해 빠뜨려!"

사내는 화가 풀리지 않는지 죽은 소년에게 발길질을 해댔다. 다른 아이들은 겁에 질려 그 모습을 지켜보고만 있었다.

*　　*　　*

곤과 씽은 뮤질란 안으로 들어섰다. 씽의 외모는 어제 달빛을 받아 인간으로 변한 상태였다.

은발을 나부끼는 씽의 모습은 무척이나 아름다웠다. 곤은 감탄사를 내뱉었다.

"여자라고 해도 믿겠는데?"

"별말씀을……."

씽은 얼굴을 붉히며 뒷머리를 긁적거렸다. 건장한 외모에 비해서 하는 행동은 어렸다. 곤은 그런 씽이 귀여워 팔을 뻗어 머리를 헝클어뜨렸다.

"여기가 뮤질란인가요?"

씽이 주위를 돌아보며 물었다.

"그런가 보군."

오크들이 세운 거대한 도시라고 하지만 이렇게나 웅장할 줄은 몰랐다. 많은 종족이 한데 뒤섞여 있고 이곳저곳에서 시장이 열렸다.

오크, 엘프, 드워프 등 많은 종족이 노예로 팔려가고 있었다. 심지어 위험한 몬스터들까지 거래되고 있었다. 정글에서 상위 등급에 해당하는 몬스터인 미노타우로스도 보였다. 거대한 몸집이지만 얼마나 굶겼는지 뼈만 앙상했다.

제대로 걷지도 못했다.

그런 몬스터와 노예들을 보며 인간들과 오크 사냥꾼들은 웃음을 터뜨렸다.

그러나 곤은 웃음이 나오지 않았다.

"추악해요."

씽이 눈살을 찌푸리며 말했다.

"동감이다."

그들은 뮤질란의 중앙으로 걸어갔다. 뮤질란의 중앙은 어디서 보더라도 확연하게 알 수가 있었다. 거대한 돌을 쌓아 만든 건축물.

곤도 이제껏 저렇게 거대한 건축물을 본 적이 없었다. 뮤질란을 지배하는 토르소가 자신의 권력을 내보이기 위해 10년에 걸쳐 건축한 건물이라고 하였다.

저것을 짓기 위해 얼마나 많은 노예들이 희생되었을지 짐작도 가지 않았다.

"의식이 시작된다!"

오크들과 매매상인들의 움직임이 분주해졌다. 그들은 토르소의 건축물을 향해서 움직였다. 그들의 눈빛에서 어떤 광기가 느껴졌다.

"무슨 일입니까?"

곤은 한 매매상인을 잡고 물었다. 그는 이상한 사람 다 보겠다는 표정으로 곤을 바라봤다.

"이곳을 처음 방문해서 낯설어서 그럽니다."

"아, 처음 오셨소? 그럼 축제에 대해서 잘 모르겠구만."

"축제요?"

"그렇소이다. 한 달에 한 번 토르소는 생명의 신 단가에게 제사를 지내지요. 우리는 그것을 축제라고 부르오. 꽤나 볼 만할 것이오."

매매상인은 걸음을 서둘렀다.

곤과 씽도 그의 뒤를 따랐다. 거대한 건축물 앞에는 수천 명이 넘는 인파가 몰려 있었다.

"토르소! 토르소! 토르소!"

사람과 오크들이 토르소를 외쳤다. 기이한 열기가 점점 뻗어갔다.

둥둥둥둥둥둥!

거구의 오크 전사들이 나타나 북을 쳤다. 위화감이 느껴지는 북소리였다.

"토르소! 토르소! 토르소!"

토르소를 부르는 함성이 점점 강해졌다. 토르소를 부르는 함성이 절정에 달했을 때,

거구, 아니, 비만에 가까운 오크가 모습을 드러냈다. 척 봐도 엄청난 고가의 보석들을 온몸에 두르고 있었다. 그는 손에 들고 있던 해골이 걸린 지팡이를 머리 위로 들어 올렸다.

"와아아아! 토르소! 토르소! 토르소!"

토르소가 한 손을 휘둘렀다. 광장에서 울리던 함성이 거짓말처럼 사라졌다.

토르소는 주변을 훑어본 후 말했다.

"뮤질란을 찾아주신 소중한 고객 여러분, 여러분의 성원에 힘입어 꽤나 질이 좋은 노예를 다수 확보했습니다!"

그는 거대한 건축물의 한쪽을 가리켰다. 상당한 숫자의 오크와 엘프, 드워프가 줄에 묶여 끌려오고 있었다. 시장 바닥에서 본 늙은 노예들과는 차원이 달랐다. 대부분이 건장하거나 이제 막 성인이 된, 혹은 성체가 되지 못한 싱싱한 노예들이었다.

"코일코……."

그들 중에 곤도 아는 인물이 섞여 있었다. 황색 오크족 마을

에서 어리고 젊은 축에 속하는 오크들이 밧줄에 묶여 끌려나왔다.

곤은 손아귀에 힘을 주었다. 언제나 당당하던 코일코의 눈빛이 죽어 있었다. 한 번도 저런 눈빛을 보인 적이 없는데…….

얼마나 심한 꼴을 당했는지 상상조차 할 수가 없었다. 뮤질란에 대한 증오가 피어올랐다.

건축물 곳곳에서 기이한 연기가 피었다. 연기는 멀리까지 퍼져 나갔다. 모두가 그 연기 냄새를 맡기 위해 자리다툼을 하기도 했다.

"형님, 숨을 참으세요."

냄새를 맡은 씽의 안색이 나빠졌다. 곤도 정체를 알 수 없는 연기 냄새에 경각심을 가졌다. 조금만 숨을 들이켰을 뿐인데도 머릿속이 멍해져 왔다.

환각제다.

곤은 주위를 돌아봤다. 모두가 눈이 뒤집혀서 환각 연기에 심취했다.

"축제를 시작합시다!"

토르소가 모든 종족에게 소리쳤다. 뮤질란의 오크 전사들이 각 종족의 젊은 남녀 한 쌍을 끌고 계단을 올랐다.

"싫어! 싫어! 이렇게 죽고 싶지 않단 말이야!"

극도로 겁에 질린 그들은 건축물에 오르지 않기 위해 발버둥을 쳤다. 하지만 묶인 상태에서 오크 전사들의 힘을 당할 수는 없었다.

둥둥둥둥둥둥둥!

북을 치는 속도가 점점 빨라졌다. 그것에 맞춰 각 종족은 미친 듯이 소리를 질러댔다. 모두 제정신으로 보이지 않았다. 눈동자가 홱 뒤집혀 아무하고나 성교를 맺는 자도 있었다.

토르소는 날카로운 검 한 자루를 꺼냈다.

"생명의 신 단가께 아름다운 종족을 바치겠나이다."

그는 가장 앞에 있는 엘프의 머리채를 잡고는 목을 잘랐다. 목젖이 갈라지며 피가 뿜어졌다. 잘린 목이 계단을 따라 내려갔다.

한 명씩 한 명씩 그렇게 죽었다.

엘프도, 드워프도, 오크도.

겁에 질린 그들은 반항도 할 수 없었다.

그들이 흘린 피가 건축물의 계단을 적셨다. 관중들에게 피에 대한 혐오 따위는 없었다. 오히려 그들은 피를 보고 더욱 광분할 뿐이었다.

"토르소! 토르소! 토르소! 토르소!"

광장의 광기는 극에 달했다.

"이, 이런 미친 새끼들."

이들은 완전히 미쳤다. 제정신이라면 이런 짓을 할 수 없었다.

"형님, 일단 여기서 벗어나야 합니다. 놈들이 눈치챕니다."

씽은 곤을 잡고 뒤로 끌었다. 환각제에 취한 오크들과 인간들은 그들을 눈치채지 못했다.

"이건 미쳤어. 이 세상은 완전히 미쳤다고!"

『마도신화전기』 3권에 계속…

유행이 아닌 자유추구 -
www.chungeoram.com

메디컬 환생
FUSION FANTASTIC STORY
유인(流人) 장편 소설
Medical return

유행이 아닌 자유추구 -
WWW.chungeoram.com